NUNCA JAMAIS

Obras da autora publicadas pela Editora Record:

Série Slammed
Métrica
Pausa
Essa garota

Série Hopeless
Um caso perdido
Sem esperança
Em busca de Cinderela

Série Nunca, jamais
Nunca, jamais
Nunca, jamais: parte 2
Nunca, jamais: parte 3

Série Talvez
Talvez um dia
Talvez agora

Série É Assim que Acaba
É assim que acaba
É assim que começa

O lado feio do amor
Novembro, 9
Confesse
Tarde demais
As mil partes do meu coração
Todas as suas (im)perfeições
Verity
Se não fosse você
Layla
Até o verão terminar
Uma segunda chance

Colleen Hoover
Tarryn Fisher

NUNCA JAMAIS

Tradução de
PRISCILA CATÃO

15ª edição

RIO DE JANEIRO

2025

CIP-BRASIL. CATALOGAÇÃO NA PUBLICAÇÃO
SINDICATO NACIONAL DOS EDITORES DE LIVROS, RJ

H759n   Hoover, Colleen
15ª ed.   Nunca jamais / Colleen Hoover, Tarryn Fisher; tradução Priscila
Catão. – 15ª ed. – Rio de Janeiro: Galera Record, 2025.

Tradução de: Never, never
ISBN 978-85-01-10621-6

1. Ficção americana. I. Fisher, Tarryn. II. Catão, Priscila.
III. Título.

15-27263

CDD: 028.5
CDU: 087.5

Título original em inglês:
Never, never

Copyright © 2015 Colleen Hoover e Tarryn Fisher

Todos os direitos reservados. Proibida a reprodução, no todo ou em parte,
através de quaisquer meios. Os direitos morais do autor foram assegurados.

Texto revisado segundo o novo Acordo Ortográfico da Língua Portuguesa.

Adaptação de capa: Renata Vidal

Direitos exclusivos de publicação em língua portuguesa somente para o Brasil
adquiridos pela EDITORA RECORD LTDA.
Rua Argentina, 171 – Rio de Janeiro, RJ – 20921-380 – Tel.: (21) 2585-2000,
que se reserva a propriedade literária desta tradução.

Impresso no Brasil

ISBN: 978-85-01-10621-6

Seja um leitor preferencial Record.
Cadastre-se em www.record.com.br e receba
informações sobre nossos lançamentos e nossas promoções.

Atendimento e venda direta ao leitor:
sac@record.com.br

Este livro é dedicado a todos que
não são Sundae Colletti.

Charlie

Um estrondo. Livros caem no chão de linóleo granulado. Escorregam alguns metros, rodopiando, e param perto de pés. Dos *meus* pés. Não reconheço a sandália preta nem os dedos pintados de vermelho, mas se movem quando mando, então devem ser meus. *Não é?*

Um sinal toca.

Estridente.

Eu me sobressalto, com o coração acelerando. Meus olhos se movem da esquerda para a direita enquanto observo a minha volta, tentando não me expor.

Que tipo de sinal foi aquele?

Onde estou?

Adolescentes com mochilas entram apressadamente na sala, conversando e rindo. *Um sinal de colégio.* Eles sentam-se em carteiras, competindo para ver quem fala mais alto. Percebo um movimento aos meus pés e estremeço, surpresa. Tem alguém abaixado, catando os livros do chão; uma garota de rosto corado e óculos. Antes de se levantar, ela olha para mim meio assustada e vai embora depressa. As pessoas estão rindo. Quando olho ao redor, acho que estão rindo de mim, mas é para a garota de óculos que estão olhando.

— Charlie! — chama alguém. — Não viu isso? — E depois: — Charlie... qual é o seu problema... oi...?

Meu coração está batendo muito, muito depressa.

Que lugar é esse? Por que não consigo lembrar?

— Charlie! — sussurra alguém.

Olho em volta.

Quem é Charlie? Qual dessas pessoas é Charlie?

Tem tanta gente. Uns de cabelo louro, cabelo bagunçado, cabelo castanho, com óculos, sem óculos...

Um homem entra, carregando uma pasta. Ele a deixa em cima da mesa.

O professor. Estou numa sala de aula, e aquele é o professor. Mas em um colégio ou em uma faculdade?, eu me pergunto.

Eu me levanto de repente. Estou no lugar errado. Todo mundo está sentado, mas eu estou em pé... andando.

— Aonde está indo, Srta. Wynwood?

O professor está olhando para mim por cima da armação dos óculos enquanto folheia uma pilha de papéis. Ele bate forte com as folhas na mesa, e eu me sobressalto. Devo ser a Srta. Wynwood.

— Ela está com cólica! — diz alguém.

As pessoas dão risadinhas. Sinto um calafrio subir pelas costas e se arrastar pela parte superior dos meus braços. Estão rindo de mim, mas não sei quem são.

Escuto uma garota dizer:

— Cale a boca, Michael.

— Não sei — digo, escutando minha voz pela primeira vez. Sai alta demais. Pigarreio e tento novamente: — Não sei. Eu não devia estar aqui.

Mais risadas. Olho para os pôsteres na parede, os rostos dos presidentes com datas embaixo. *Aula de história? Colégio.*

O homem — o professor — inclina a cabeça para o lado, como se eu tivesse dito a maior burrice.

— E onde é que você devia estar no dia da prova?

— Eu... não sei.

— Sente-se — ordena ele.

Não sei para onde eu iria se fosse embora. Eu me viro para voltar ao meu lugar. A garota de óculos olha de relance para mim quando passo por ela. Depois desvia os olhos quase com a mesma rapidez.

Assim que me sento, o professor começa a distribuir os papéis. Ele anda em meio às carteiras, avisando, com a voz monótona, qual a porcentagem essa prova terá na nossa média final. Ao chegar à minha carteira, ele para e franze bastante a área entre suas sobrancelhas.

— Não sei o que está querendo aprontar. — Ele pressiona a ponta do indicador gordo na minha mesa. — Seja lá o que for, já cansei. Mais uma gracinha e mando você para a sala do diretor.

Ele bate a prova na minha frente e segue pela fileira.

Não assinto com a cabeça, não faço nada. Estou tentando decidir como agir. Anunciar para a sala inteira que não faço ideia de quem sou nem de onde estou... ou puxar o professor para o canto e contar baixinho. Ele disse que cansou das gracinhas. Fixo os olhos no papel à minha frente. As pessoas já estão debruçadas sobre as provas, escrevendo.

QUARTO HORÁRIO

HISTÓRIA

SR. DULCOTT

Há um espaço em branco para o nome. Eu devia escrever meu nome, mas não sei qual é. *Srta. Wynwood*, foi como ele me chamou.

Por que não reconheço meu próprio nome?

Nem *onde* estou?

Ou *o que* eu sou?

Todas as cabeças estão inclinadas para as provas, exceto a minha. Então fico sentada, fitando o vazio. Da sua mesa, o Sr. Dulcott me fulmina com o olhar. Quanto mais tempo continuo ali sentada, mais vermelho fica o rosto dele.

O tempo passa, mas meu mundo parou. O Sr. Dulcott acaba se levantando, abre a boca para me dizer algo, mas o sinal toca.

— Deixem as provas na minha mesa ao sair — diz ele, com os olhos ainda focados em mim.

Todos estão saindo da sala. Eu me levanto e vou atrás deles porque não sei mais o que fazer. Mantenho os olhos no chão, mas consigo sentir a raiva dele. Não entendo por que está tão furioso comigo. Agora estou num corredor, com armários azuis em ambos os lados.

— Charlie! — chama alguém. — Charlie, espere! — Um segundo depois, um braço se entrelaça ao meu. Eu esperava que fosse a garota de óculos, não sei por quê. Não é. Mas agora sei que sou Charlie. *Charlie Wynwood.* — Esqueceu sua mochila — diz ela, me entregando uma mochila branca.

Eu a pego, perguntando-me se não existe uma carteira com uma habilitação dentro dela. A menina continua com o braço entrelaçado ao meu enquanto andamos. É mais baixa do que eu, com cabelos escuros e compridos, e olhos castanhos e úmidos que ocupam metade do seu rosto. Ela é atraente e linda.

— Por que estava agindo de forma tão estranha lá dentro? — pergunta ela. — Derrubou os livros da menina camarão e depois ficou viajando.

Sinto o perfume dela, é familiar e doce demais, como se um milhão de flores competissem por atenção. Penso na garota de óculos, no seu olhar quando se abaixou para pegar os livros. Se eu fiz aquilo, por que não me lembro?

— Eu...

— Está na hora do almoço, por que está indo pra lá?

Ela me puxa para um corredor diferente, passando por mais alunos. Todos olham para mim... discretamente. Eu me pergunto se me conhecem, e por qual motivo *eu* não me conheço. Não sei por que não conto isso para ela nem para o Sr. Dulcott, por que não abordo uma pessoa qualquer e digo que não sei quem sou nem onde estou. Quando começo a considerar seriamente essa possibilidade, passamos por portas duplas e entramos no refeitório. Barulho e cores, cada corpo com um cheiro peculiar e fortes luzes florescentes deixando tudo com uma aparência feia. *Meu Deus.* Agarro minha camisa.

A garota entrelaçada ao meu braço está tagarelando. Andrew isso, Marcy aquilo. Ela gosta de Andrew e odeia Marcy. Não conheço nenhum dos dois. Ela me leva até a fila da comida. Pegamos saladas e Coca Diet. Em seguida, colocamos nossas bandejas em cima de uma mesa. Algumas pessoas já estão sentadas ali: quatro garotos e duas garotas. Percebo que completamos um grupo com uma quantidade par de pessoas. Cada garota está com um dos rapazes. Todos olham para mim em expectativa, como se esperassem que eu fizesse ou dissesse algo. O único lugar que sobrou é ao lado de um rapaz de cabelo escuro. Eu me sento lentamente, espalmando as mãos na mesa. Seus olhos se viram para mim, e ele se inclina sobre a bandeja de comida. Noto delicadas gotas de suor na sua testa, logo abaixo do couro cabeludo.

— Às vezes vocês dois são tão estranhos — diz uma garota nova, loura, sentada à minha frente.

Ela está olhando de mim para o garoto ao meu lado. Ele desvia a vista do macarrão, e percebo que está apenas remexendo a comida no prato. Ainda não comeu nada, apesar de parecer muito ocupado. Ele olha para mim, e retribuo seu olhar, depois nós dois encaramos a loura.

— Aconteceu alguma coisa que a gente devia saber? — pergunta ela.

— Não — dizemos em uníssono.

Ele é meu namorado. Sei pela maneira como o pessoal está nos tratando. De repente, ele sorri para mim, mostrando seus dentes brilhantemente brancos, e põe o braço ao redor dos meus ombros.

— Estamos bem — diz ele, apertando meu braço.

Meu corpo fica rígido automaticamente, mas, quando noto os seis pares de olhos fixos em mim, eu me aproximo dele e entro na brincadeira. É assustador não saber quem é; e ainda mais assustador achar que não vai acertar quem é. Agora estou com medo, muito medo. Isso já foi longe demais. Se eu disser alguma coisa nesse momento, vou parecer uma... *louca*. O carinho dele parece deixar todo mundo tranquilo. Todos menos... ele. O pessoal volta a conversar, mas as palavras se misturam: futebol americano, uma festa, mais futebol. O garoto ao meu lado ri e se junta à conversa, sem tirar o braço dos meus ombros. Eles o chamam de Silas. E me chamam de Charlie. A garota de cabelo escuro e olhos grandes é Annika. Esqueci os nomes dos outros por causa do barulho.

O almoço finalmente chega ao fim, e todos nos levantamos. Ando ao lado de Silas, ou melhor, ele anda ao meu lado. Não faço ideia de onde estou indo. Annika aparece do meu outro lado, entrelaçando o braço no meu e conversando sobre o treino das líderes de torcida. Ela está me deixando com claustrofobia. Quando chegamos a um anexo no corredor, eu me aproximo e falo com ela sem querer que mais ninguém escute.

— Pode me acompanhar até minha próxima aula?

Sua expressão fica séria. Ela se afasta para dizer algo ao seu namorado, e depois nossos braços se entrelaçam mais uma vez.

Eu me viro para Silas.

— Annika vai comigo até minha próxima aula.

— Está bem — diz ele, parecendo aliviado. — Vejo você... mais tarde.

Ele segue na direção oposta.

Annika se vira para mim assim que ele some de vista.

— Aonde ele está indo?

Dou de ombros.

— Para a aula.

Ela balança a cabeça, como se estivesse confusa.

— Não entendo vocês dois. Num dia, estão grudados, no outro, se comportam como se não aguentassem ficar juntos no mesmo lugar. Você realmente precisa se decidir em relação a ele, Charlie.

Ela para diante de uma porta.

— Minha aula é aqui... — afirmo para ver se ela vai contestar, o que não acontece.

— Me ligue mais tarde — diz ela. — Quero saber sobre ontem à noite.

Assinto. Quando ela desaparece no meio das pessoas, entro na sala de aula. Não sei onde me sentar, então vou até a fileira do fundo e escolho um lugar perto da janela. Cheguei antes da hora, então abro a mochila. Há uma carteira em meio a alguns cadernos e uma nécessaire. Pego a carteira e a abro, encontrando uma habilitação com uma foto de uma garota sorridente de cabelos escuros. *Eu*.

CHARLIZE MARGARET WYNWOOD.

2417 HOLCOURT WAY,

NEW ORLEANS, LA.

Tenho 17 anos. Meu aniversário é dia 21 de março. Moro na Louisiana. Observo a foto no canto superior esquerdo e não reconheço o rosto. É o meu rosto, mas nunca o tinha visto. Sou... *bonita*. E só tenho 28 dólares.

A sala começa a encher. O lugar ao meu lado continua vazio, é quase como se todos estivessem com muito medo de se sentar ali. Estou na aula de espanhol. A professora é bonita e jovem, e se chama Sra. Cardona. Ela não me olha como se me odiasse, o que muitas pessoas têm feito. Começamos estudando os tempos verbais.

Eu não tenho passado.

Eu não tenho passado.

Depois de cinco minutos de aula, a porta da sala se abre. Silas entra com um olhar abatido. Acho que ele veio aqui me dizer, ou me entregar, alguma coisa. Eu me preparo, pronta para fingir, mas a Sra. Cardona faz um comentário de brincadeira sobre seu atraso. Ele ocupa a única carteira vazia ao meu lado e fica olhando para a frente. Eu o encaro. Só paro quando ele finalmente se vira para mim. Suor escorre na lateral do seu rosto.

Seus olhos estão arregalados.

Arregalados... *assim como os meus.*

Silas

Três horas.

Já se passaram quase três horas, e minha mente continua enevoada.

Não, enevoada, não. Sequer cercada por uma densa neblina. Parece que estou perambulando por um cômodo totalmente escuro, procurando os interruptores de luz.

— Você está bem? — pergunta Charlie.

Faz vários segundos que a estou encarando, tentando reconhecer alguma familiaridade no rosto que aparentemente devia ser o *mais* familiar de todos para mim.

Nada.

Ela olha para sua carteira, e o cabelo preto e grosso cai entre nós dois como antolhos. Quero dar uma olhada melhor nela. Preciso que algo me desperte, algo familiar. Quero prever uma marca de nascença ou uma pinta mesmo antes de vê-la, porque preciso de *alguma coisa* reconhecível. Vou me agarrar a qualquer parte dela que me convença de que não estou enlouquecendo.

Ela ergue a mão finalmente e põe o cabelo atrás da orelha. Ela me observa com olhos arregalados que me são completamente desconhecidos. A ruga entre suas sobrancelhas fica mais profunda, e ela começa a morder o dedão.

Está preocupada comigo. Talvez com nós dois.

Nós dois.

Tenho vontade de perguntar se ela sabe o que pode ter acontecido comigo, mas não quero assustá-la. Como explico que não a conheço? Como explico isso para *qualquer pessoa*? Passei as últimas três horas tentando agir normalmente. No início me convenci de que devia ter usado alguma substância ilegal que me fez apagar, mas isso é diferente. Não é como estar chapado ou bêbado, e não faço ideia de que maneira sei disso. Não me lembro de nada além das últimas três horas.

— Ei. — Charlie estende o braço como se fosse tocar em mim, mas logo depois se afasta. — Você está bem?

Agarro a manga da minha camisa e limpo o suor reluzente da minha testa. Quando ela ergue o olhar de novo para mim, percebo que ainda há preocupação em seus olhos. Obrigo meus lábios a formarem um sorriso.

— Estou bem — murmuro. — Tive uma longa noite.

Assim que digo isso, eu me encolho. Não faço ideia de que tipo de noite eu tive, e se essa garota ao meu lado é mesmo minha namorada. Imagino que uma frase como essa provavelmente não vai deixá-la muito tranquila.

Percebo seu olho estremecer sutilmente, e ela inclina a cabeça.

— Por que teve uma longa noite?

Merda.

— Silas — chama alguém na frente da sala. Olho para cima.

— Nada de conversa — diz a professora.

Ela retoma a aula, sem se preocupar muito com minha reação por ter sido chamado à atenção. Olho de relance outra vez para Charlie e logo em seguida fixo o olhar em minha carteira. Meus dedos percorrem os nomes riscados na madeira. Charlie ainda está me encarando, mas não olho para ela. Viro a palma da mão para cima e passo dois dedos nos calos que encontro.

Eu trabalho? Aparo grama para me sustentar?

Talvez seja do futebol. Durante o almoço, decidi aproveitar o tempo para observar todos ao meu redor, e descobri que tenho treino de futebol à tarde. Não faço ideia do horário nem do local, mas de algum jeito consegui sobreviver nas últimas horas sem saber onde eu deveria estar a cada momento. Talvez agora eu não tenha nenhuma lembrança, mas estou aprendendo que sei fingir muito bem. Talvez bem até *demais.*

Viro a outra palma da mão para cima e noto os mesmos calos ásperos.

Talvez eu more numa fazenda.

Não. Não moro.

Não tenho ideia de como sei disso, mas, mesmo sem conseguir me lembrar de nada, pareço ter uma noção imediata de quais suposições são verdadeiras e quais não. Pode ser apenas um processo de eliminação, em vez de intuição ou memória. Por exemplo, não acho que alguém que more numa fazenda vestiria as roupas que estou usando. Roupas boas. *Será que estão na moda?* Ao olhar para meus sapatos, se alguém me perguntasse se meus pais são ricos, eu diria que sim. E nem imagino como sei disso, porque não me recordo deles.

Não sei onde moro, com quem moro, nem se pareço mais com meu pai ou com minha mãe.

Nem conheço minha aparência.

Eu me levanto abruptamente, empurrando a carteira alguns centímetros ruidosos para a frente. Todos na sala se viram para mim, exceto Charlie, que não tirou os olhos de mim desde que me sentei. Seus olhos não estão curiosos nem afetuosos.

Eles parecem acusatórios.

A professora me fulmina com o olhar, mas não parece nem um pouco surpresa com o fato de a atenção de todos estar em mim. Ela só fica parada, complacente, esperando que eu explique minha interrupção repentina.

Engulo em seco.

— Banheiro.

Meus lábios estão grudentos. Minha boca está seca. Minha mente está arruinada. Não espero ela me dar permissão, e começo a andar para a saída. Sinto os olhares de todos enquanto abro a porta.

Viro à direita e vou até o fim do corredor, mas não encontro o banheiro. Volto pelo mesmo caminho e passo diante da porta da minha sala de aula, seguindo em frente, até virar no corredor e achar o banheiro. Abro a porta, querendo ficar sozinho, mas tem alguém no mictório de costas para mim. Eu me viro para a pia, mas não olho no espelho. Fico encarando a pia, com as mãos nas laterais, segurando-a com força. Inspiro.

Se eu simplesmente olhar para mim mesmo, meu reflexo pode despertar alguma lembrança, ou talvez me proporcione uma leve sensação de reconhecimento. Alguma coisa. *Qualquer coisa.*

O garoto que estava no mictório alguns segundos atrás agora está ao meu lado, de braços cruzados, apoiado numa pia. Quando olho para ele, percebo que está me fulminando com o olhar. Seu cabelo é quase branco de tão louro. Sua pele é tão pálida que me faz lembrar de uma água-viva. Quase transparente.

Eu me lembro de como é uma água-viva, mas não faço ideia do que vou encontrar quando me olhar no espelho?

— Você parece péssimo, Nash — diz ele com um sorriso irônico.

Nash?

Todas as outras pessoas estavam me chamando de Silas. Nash deve ser meu sobrenome. Eu até conferiria na minha carteira, mas não está no meu bolso. Tem apenas um pouco de dinheiro. A carteira foi uma das primeiras coisas que procurei depois que... bem, depois do que aconteceu.

— Não estou me sentindo muito bem — resmungo em resposta.

Por alguns segundos, o garoto não responde. Ele fica apenas me encarando da mesma maneira que Charlie fez na sala de aula, mas de forma menos preocupada e bem mais alegre. Ele sorri sarcasticamente e se afasta da pia. Endireita a postura, mesmo assim ainda fica uns 3 centímetros mais baixo do que eu. Ele dá um passo para a frente, e pelo seu olhar percebo que não está se aproximando por estar preocupado com minha saúde.

— Ainda não resolvemos o que aconteceu sexta à noite — diz o cara para mim. — É por isso que entrou aqui agora?

Suas narinas se alargam enquanto ele fala, e ele posiciona as mãos na lateral do corpo, cerrando e descerrando o punho duas vezes.

Debato em silêncio comigo mesmo por dois segundos, sabendo que se eu me afastar dele vou parecer covarde. No entanto, também sei que, se eu der um passo à frente, vou desafiá-lo a fazer alguma coisa com a qual não quero ter que lidar no momento. Está na cara que ele tem algum problema comigo e com o que eu fiz sexta à noite, que o deixou furioso. Escolho um meio-termo e não reajo nem um pouco. *Vou demonstrar indiferença.*

Preguiçosamente, volto a atenção para a pia e abro a torneira até um fio de água começar a escorrer.

— No campo a gente resolve — digo.

Eu me arrependo imediatamente do que disse. Nem considerei que talvez ele nem jogue futebol. Presumi que jogava por causa do seu tamanho, mas, se não for isso mesmo, meu comentário não terá feito o menor sentido. Prendo a respiração e fico aguardando ele me corrigir ou pedir explicações.

Nenhuma dessas coisas acontece.

Ele fica me encarando por mais alguns segundos e depois esbarra de propósito no meu ombro ao passar por mim a caminho da porta. Coloco as mãos unidas debaixo da água e tomo um gole. Seco a boca com o dorso da mão e olho para cima. Para *mim mesmo.*

Para Silas Nash.

Que porcaria de nome é esse, hein?

Fico encarando insensivelmente um par de olhos desconhecidos e escuros. Sinto como se estivesse observando olhos que nunca tinha visto, apesar do fato de que eu muito provavelmente vi esses olhos todos os dias desde que tinha idade para alcançar um espelho.

Essa pessoa no reflexo é tão familiar para mim quanto a garota que — *de acordo com um cara aí chamado Andrew* — estou "pegando" há mais de dois anos.

Essa pessoa no reflexo é tão familiar para mim quanto todos os aspectos da minha vida nesse momento.

Ou seja, nada familiar.

— Quem *é* você? — sussurro para ele.

A porta do banheiro começa a se abrir lentamente, e meus olhos desviam do meu reflexo e se dirigem para o reflexo da porta. Dedos surgem, segurando com firmeza a porta. Reconheço o esmalte vermelho e reluzente nas unhas. *É a garota que estou "pegando" há mais de dois anos.*

— Silas?

Endireito a postura e me viro completamente para a porta no instante em que ela enfia a cabeça dentro do banheiro. Seus olhos encontram os meus, mas isso dura apenas dois segundos. A garota desvia o olhar, analisando o resto do banheiro.

— Estou sozinho — digo.

Ela assente e passa o restante do corpo pela porta, apesar de estar totalmente hesitante. Queria saber como tranquilizá-la, e garantir que tudo está bem para não levantar suspeitas. Também queria me lembrar dela, ou de alguma coisa do nosso relacionamento, porque quero contar para ela. *Preciso* contar para ela. Preciso que alguma outra pessoa saiba, para que eu possa fazer perguntas.

Mas como é que um cara conta para a namorada que não faz ideia de quem ela é? De quem ele mesmo é?

Mas não conta. Ele finge, assim como tem fingido com todo mundo.

Umas cem perguntas silenciosas enchem seus olhos de uma vez só, e quero me esquivar de todas imediatamente.

— Estou bem, Charlie. — Sorrio para ela, porque parece algo que eu devesse fazer. — Só não estou me sentindo muito bem. Volte para a aula.

Ela não se move.

Não sorri.

Ela fica onde está, sem reagir ao meu pedido. Ela me faz lembrar de um daqueles brinquedos de mola em forma de animais em que as crianças andam no parque de diversões. Aquele que empurramos para baixo, mas salta de volta para cima. Sinto que se alguém empurrasse seus ombros, ela endireitaria a postura, com os pés no mesmo lugar, e depois quicaria de volta pra cima.

Não me lembro do nome desse brinquedo, mas anoto mentalmente que por alguma razão me recordo deles. Fiz muitas anotações mentais nas últimas três horas.

Estou no último ano do colégio.

Meu nome é Silas.

Nash deve ser meu sobrenome.

O nome da minha namorada é Charlie.

Jogo futebol americano.

Sei como é uma água-viva.

Charlie inclina a cabeça, e o canto da sua boca se contrai sutilmente. Ela entreabre os lábios, e tudo o que escuto é uma respiração nervosa. Quando ela finalmente forma palavras, quero me esconder delas. Quero dizer para fechar os olhos e contar até vinte de forma que eu esteja longe o suficiente e não escute sua pergunta.

— Qual é meu sobrenome, Silas?

A voz dela parece fumaça, suave e fina, e logo depois desaparece.

Não sei se ela é extremamente intuitiva ou se estou me saindo muito mal nisso de disfarçar o fato de que não sei nada. Por um instante, me pergunto se devo ou não contar. Se eu revelar e ela acreditar em mim, talvez seja capaz de responder várias perguntas que quero fazer. Mas, se eu contar e ela *não* acreditar em mim...

— Gata — digo, rindo e fazendo pouco-caso. *Será que eu a chamo de "gata"?* — Que tipo de pergunta é essa?

Ela ergue o pé que eu tinha certeza de que estava grudado no chão e dá um passo à frente. E outro em seguida. Continua se aproximando até ficar cerca de 30 centímetros de mim, perto o suficiente para que eu sinta seu cheiro.

Lírios.

Ela tem cheiro de lírios, e sequer sei como é que me lembro do cheiro de lírios, mas me esqueci da pessoa na minha frente que tem o perfume deles.

Seus olhos não desviaram de mim uma vez sequer.

— Silas — insiste ela. — Qual é meu sobrenome?

Movo o maxilar para a frente e para trás, e em seguida me viro para a pia mais uma vez. Inclino o corpo e seguro a louça fortemente com as mãos. Lentamente, ergo os olhos até encontrar os seus no reflexo.

— Seu sobrenome?

Minha boca está seca de novo, e minhas palavras saem ríspidas.

Ela espera.

Desvio a vista de Charlie e foco nos olhos do garoto desconhecido no espelho.

— Eu... não consigo lembrar.

Ela some do reflexo, e imediatamente escuto uma forte pancada. Isso me faz lembrar do barulho dos peixes no Pikes Place Market quando são lançados e depois agarrados com papel-manteiga.

Pow!

Eu me viro e a encontro deitada no piso de ladrilhos, de olhos fechados e braços esparramados. Eu me ajoelho imediatamente e levanto sua cabeça, mas, assim que a ergo alguns centímetros do chão, suas pálpebras começam a abrir aos poucos, tremeluzindo.

— Charlie?

Ela inspira pela boca e se senta. Sai do meu braço e me afasta, quase como se tivesse medo de mim. Mantenho as mãos perto dela caso tente se levantar, mas ela não o faz. Continua sentada no chão com as palmas apoiadas nos ladrilhos.

— Você desmaiou.

Ela franze a testa para mim.

— Sei disso.

Não digo mais nada. Eu provavelmente deveria saber o significado de todas as suas expressões, mas não sei. Não sei se ela está com medo ou zangada ou...

— Estou confusa — diz ela, balançando a cabeça. — Eu... posso... você...

Ela para de falar e tenta ficar de pé. Eu me levanto com ela, mas percebo que não gostou pela maneira que olha raivosamente para minhas mãos levemente erguidas, prontas para segurá-la caso comece a cair de novo.

Ela dá dois passos para longe de mim e cruza o braço sobre o peito. Ergue a outra mão e passa a morder o dedão mais uma vez. Fica me observando em silêncio por um instante e depois tira o dedo da boca, cerrando o punho.

— Você não sabia que a gente tinha a mesma aula depois do almoço — fala ela com um tom acusatório. — Não sabe qual é meu sobrenome.

Balanço a cabeça, admitindo as duas coisas que não tenho como negar.

— Do que você se lembra? — pergunta ela.

Ela está assustada. Nervosa. Desconfiada. Nossos sentimentos se refletem, e é então que a ficha cai.

Talvez *ela* não me pareça familiar. Talvez *eu* não pareça familiar. Mas nossas ações, nosso comportamento... são exatamente iguais.

— Do que eu me lembro? — repito sua pergunta, tentando conseguir mais alguns segundos para que minhas suspeitas ganhem fundamento.

Ela me espera responder.

— Aula de história — digo, tentando recordar o fato mais antigo que consigo. — Livros. Vi uma garota derrubando livros.

Seguro meu pescoço de novo e o aperto.

— Meu Deus. — Ela dá um passo apressado na minha direção. — Isso é... é a primeira coisa que *eu* lembro.

Meu coração sobe até a garganta.

Ela começa a balançar a cabeça.

— Não estou gostando disso. Não faz sentido.

Ela parece calma, mais calma do que eu. Sua voz está firme. O único medo que vejo é na área branca dos seus olhos arregalados. Puxo-a para perto de mim sem pensar, porém, acho que é mais para meu próprio alívio do que para tranquilizá-la. Ela não se afasta, e por um segundo me pergunto se isso é normal para nós dois, se estamos apaixonados.

Seguro-a com mais força até sentir seu corpo tensionar contra o meu.

— Precisamos entender tudo isso — diz ela, afastando-se de mim.

Meu primeiro instinto é dizer que vai ficar tudo bem, que vou descobrir o que aconteceu. Sou tomado por uma necessidade avassaladora de protegê-la, mas não tenho ideia de como fazer isso quando nós dois estamos vivenciando a mesma realidade.

O sinal toca, indicando o fim da aula de espanhol. Daqui a segundos, provavelmente vão abrir a porta do banheiro. Vão bater as portas dos armários para fechá-las. Vamos ter que descobrir quais são nossas próximas aulas. Seguro sua mão e a puxo atrás de mim enquanto empurro a porta do banheiro.

— Aonde a gente está indo? — pergunta.

Olho para ela e dou de ombros.

— Não faço ideia. Só sei que quero ir embora.

3

Charlie

Esse cara — esse garoto, Silas — agarra minha mão como se me conhecesse, e me arrasta atrás dele, como se eu fosse uma criancinha. E é exatamente como me sinto: uma criancinha em um mundo muito, muito grande. Não entendo nada e com certeza não reconheço coisa alguma. Enquanto ele me puxa pelos corredores discretos de um colégio qualquer, só consigo pensar que desmaiei. Desabei como uma donzela em apuros. E no chão do banheiro masculino. *Que nojo.* Estou avaliando minhas prioridades, me perguntando como meu cérebro consegue incluir germes na equação quando é tão óbvio que tenho um problema bem maior, então de repente a luz do sol nos ilumina. Protejo os olhos com a mão livre enquanto o tal do Silas pega as chaves na mochila. Ele as segura acima da cabeça e descreve um círculo, apertando o botão do alarme. De algum canto distante do estacionamento, escutamos o som agudo vindo do carro.

Corremos até lá, com nossos sapatos batendo no concreto com urgência, como se tivesse alguém nos perseguindo. E poderia até ser verdade. O carro se revela um SUV. Sei que é impressionante porque é mais alto do que os demais, deixando-os parecendo pequenos e insignificantes. Uma Land Rover. Ou Silas dirige o carro do pai, ou está nadando no dinheiro dele. Talvez ele nem tenha pai. Também não saberia me dizer isso. E como é que eu sei quanto custa um carro desses? Tenho lembranças de como as coisas funcionam — um carro, regras de trânsito, os presidentes —, mas não de quem sou.

Ele abre a porta para mim enquanto observa o colégio por cima do ombro, e tenho a sensação de que estou participando de uma pegadinha. Ele pode ser responsável por isso. Pode ter me dado alguma coisa que me fez perder a memória temporariamente, e agora está só fingindo.

— Isso é de verdade? — pergunto, suspensa sobre o banco da frente. — Você não sabe quem é?

— Não — responde. — Não sei.

Acredito nele. Mais ou menos. Eu me acomodo no assento.

Ele analisa meus olhos por mais um instante antes de bater minha porta e correr para o lado do motorista. Estou me sentindo mal, como se estivesse de ressaca. Será que eu bebo? Minha carteira de motorista diz que eu só tenho 17 anos. Mordo o dedão enquanto ele entra no carro e aperta um botão para ligar o motor.

— Como você sabia fazer isso? — pergunto.

— Fazer o quê?

— Ligar o carro sem a chave.

— Eu... sei lá.

Fico observando seu rosto enquanto saímos da vaga. Ele pisca bastante, olha para mim com mais frequência ainda e passa a língua no lábio inferior. Quando paramos no sinal, ele encontra o botão HOME no GPS e o aperta. Fico impressionada por ele ter pensado nisso.

— Redirecionando — diz a voz de uma mulher.

Quero surtar, saltar para fora do carro em movimento e correr feito um cervo assustado. Estou com muito medo.

*

Sua casa é grande. Não tem nenhum carro na entrada da garagem, e estamos parados no meio-fio, com o motor ronronando baixinho.

— Tem certeza de que mora aqui? — pergunto.

Ele dá de ombros.

— Parece que não tem ninguém em casa — diz Silas. — Será que a gente deve entrar?

Concordo com a cabeça. Eu não devia estar com fome, mas estou. Quero entrar e comer alguma coisa, talvez pesquisar nossos sintomas e ver se tivemos contato com alguma bactéria que come cérebros e roubou nossas memórias. Uma casa como essa deve ter alguns laptops por aí. Silas estaciona na garagem. Saímos timidamente do carro, observando os arbustos e árvores ao nosso redor, como se fossem ganhar vida. No seu chaveiro ele encontra uma chave que abre a porta da casa. Enquanto fico parada atrás dele, esperando, eu o analiso. Suas roupas e seu cabelo têm a aparência descolada de um garoto que não se importa com o que veste, mas a postura dos seus ombros indica que ele se importa até demais. Ele também tem cheiro de natureza: grama, pinheiro e terra preta e densa. Está prestes a girar a maçaneta.

— Espere!

Ele vira-se lentamente, apesar da urgência na minha voz.

— E se tiver alguém aí dentro?

Ele sorri, ou talvez tenha feito uma careta.

— Vai ver eles sabem o que diabos está acontecendo...

Então nós entramos. Ficamos imóveis por um minuto, olhando ao redor. Eu me curvo atrás de Silas, como uma covarde. Não faz frio, mas estou tremendo. Tudo é pesado e impressionante: os móveis, o ar, minha mochila, que está pendurada no meu ombro feito um peso morto. Silas segue em frente. Seguro a parte de trás da sua camisa enquanto contornamos a entrada e chegamos à sala de estar. Passamos de um cômodo para outro, observando as fotos nas paredes. Pais sorridentes e bronzeados abraçam dois garotos de cabelos escuros, também sorridentes, com o mar ao fundo.

— Você tem um irmão mais novo — afirmo. — Sabia que tem um irmão mais novo?

Ele balança a cabeça. *Não.* O sorriso nas fotos vai ficando mais raro à medida que Silas e a miniatura dele envelhecem. Surgem muitas espinhas e aparelhos, fotos de pais se esforçando bastante a fim de parecer alegres enquanto puxam os garotos de ombros enrijecidos para perto. Vamos até os quartos... banheiros. Pegamos livros, lemos os rótulos dos frascos marrons de remédios que encontramos no armário de medicamentos. A mãe dele enfeita a casa inteira com flores secas: pressionadas dentro dos livros na sua cômoda, na gaveta de maquiagem e enfileiradas nas prateleiras dos quartos. Toco cada uma delas, sussurrando seus nomes. Eu me lembro de como todas as flores se chamam. Por alguma razão, isso me faz rir. Silas para antes de entrar no banheiro dos pais e me vê encurvada de tanto rir.

— Desculpe — digo. — Já passou.

— O que foi?

— Percebi que esqueci todos os fatos possíveis sobre mim, mas sei o que é um jacinto.

Ele balança a cabeça.

— Pois é.

Silas olha para as próprias mãos, franzindo a testa.

— Acha que devíamos contar para alguém? Ir a um hospital, talvez?

— Acha que acreditariam na gente? — pergunto.

Ficamos nos encarando. Contenho mais uma vez a vontade de perguntar se ele não está aprontando nenhuma comigo. Isso não é pegadinha. É real demais.

Em seguida, vamos até o escritório do seu pai, dando uma olhada nos papéis e abrindo gavetas. Não tem nada que explique por que estamos assim, nada fora do normal. Fico observando-o atentamente pelo canto do olho. Se isso for uma pegadinha, ele é um excelente ator. *Talvez seja um experimento*, penso. Estou participando de algum experimento psicológico do governo e vou acordar num laboratório. Silas também me observa. Noto seus olhos na minha direção, questionador... analisando. Não falamos muita coisa. Somente: *olha isso aqui*. Ou: *acha que isso é alguma coisa?*

Somos desconhecidos um para o outro e falamos pouco.

O quarto de Silas é o último. Ele segura minha mão ao entrarmos, e eu deixo porque estou começando a me sentir um pouco tonta de novo. A primeira coisa que vejo é uma foto da gente na mesa dele. Estou fantasiada, usando uma roupa de bailarina curta demais, com estampa de oncinha, e asas pretas de anjo estendidas elegantemente atrás de mim. Há cílios grossos e brilhantes em meus olhos. Silas está todo vestido de branco, com asas de anjo da mesma cor. Está bonito. *Bem versus mal*, penso. É esse o tipo de joguinho que a gente fazia? Ele olha para mim e ergue as sobrancelhas.

— Escolhemos mal as fantasias.

Dou de ombros.

Ele sorri e depois seguimos para lados opostos do quarto. Ergo os olhos para as paredes, onde há fotos emolduradas de pessoas: um mendigo encurvado encostado num muro, enrolado em um cobertor; uma mulher sentada num banco, chorando, segurando a cabeça nas mãos. Uma cigana com a mão ao redor do próprio pescoço, olhando para as lentes da câmera com um olhar vazio. As fotos são mórbidas. Elas me deixam com vontade de me virar, me fazem sentir vergonha. Não entendo por que alguém ia *querer* tirar foto de coisas tão morbidamente tristes, muito menos pendurá-las na parede de casa e vê-las todos os dias.

Então eu me viro e noto uma câmera cara em cima da mesa. Está numa posição de destaque, sobre uma pilha de livros lustrosos de fotografia. Olho para onde Silas está, também analisando as fotos. Um artista. As fotos são trabalho dele? Será que está tentando reconhecê-las? Não adianta perguntar. Deixo isso pra lá, olho para as roupas dele e dentro das gavetas da luxuosa mesa de mogno.

Estou tão cansada. Estou prestes a me sentar na cadeira da mesa, mas de repente ele se anima e me chama.

— Olhe só isso — diz ele.

Eu me levanto lentamente e vou até ele, que está observando a cama desarrumada. Seus olhos estão entusiasmados, ou melhor... chocados? Acompanho-os até os lençóis. Então meu sangue gela.

— Ai, meu Deus.

Silas

Tiro o edredom da frente para olhar melhor a bagunça no pé da cama. Há manchas de lama endurecida nos lençóis. Estão secas. Pedaços racham e se desfazem quando estico o lençol.

— Isso é... — Charlie para de falar e puxa o canto do lençol de cima da minha mão, jogando-o para longe para ver melhor o lençol com elástico embaixo. — Isso é *sangue*?

Sigo seus olhos até o lençol, perto da cabeceira da cama. Ao lado do travesseiro há o fantasma manchado de uma marca de mão. Olho imediatamente para as minhas.

Nada. Não tem qualquer sinal de sangue nem de lama.

Eu me ajoelho ao lado da cama e ponho a mão direita sobre a marca no colchão. Encaixa perfeitamente. Ou talvez isso não seja *nada* perfeito, depende da interpretação. Olho de relance para Charlie, e ela desvia a vista da minha, quase como se não quisesse saber se a marca de mão é mesmo minha ou não. O fato de ser minha só traz mais perguntas. Já acumulamos tantas questões a essa altura que parece que a pilha vai desmoronar e nos enterrar com tudo que tem nela, menos respostas.

— Deve ser meu próprio sangue — digo para ela. Ou talvez tenha dito para mim mesmo. Tento fazer pouco-caso de quaisquer que sejam os pensamentos que devem estar passando pela cabeça dela. — Posso ter caído lá fora ontem à noite.

Parece que estou inventando desculpas para alguém que não sou eu. Parece que estou inventando desculpas para um amigo meu. Esse tal de *Silas*. Alguém que com certeza não sou eu.

— Onde você estava ontem à noite?

Não é uma pergunta de verdade, só algo que nós dois estamos pensando. Puxo o lençol de cima e o edredom, e os espalho pela cama para esconder a bagunça. A prova. As pistas. O que quer que sejam, quero apenas cobri-las.

— O que isso significa? — pergunta ela, virando-se para mim.

Ela está segurando um papel. Eu me aproximo dela e o tiro das suas mãos. Parece ter sido dobrado e desdobrado tantas vezes que um pequeno buraco de desgaste se formou bem no meio. A frase na folha diz: *Nunca pare. Nunca esqueça.*

Deixo o papel na mesa, querendo tirá-lo das minhas mãos. O papel também parece uma prova. Não quero tocar nele.

— Não sei o que isso significa.

Preciso de água. É da única coisa que me lembro o gosto. Talvez porque não tenha gosto.

— Foi você quem escreveu? — pergunta ela.

— Como vou saber?

Não gosto do tom da minha voz. Pareço irritado. Não quero que pense que estou irritado com ela.

Ela se vira e rapidamente alcança sua mochila. Vasculha ali dentro e pega uma caneta, depois volta até mim e a coloca na minha mão.

— Copie a frase.

Ela é mandona. Olho para a caneta, rolando-a entre os dedos. Passo o dedão pelas palavras em relevo que há na lateral.

GRUPO FINANCEIRO WYNWOOD-NASH

— Veja se sua letra é igual a essa — diz ela.

Ela vira o papel para o lado branco e o empurra na minha direção. Encontro seu olhar, me perdendo um pouco nele. Mas depois fico irritado.

Odeio o fato de que ela tenha pensado nessas coisas primeiro. Seguro a caneta na mão direita. Não parece muito confortável. Passo a caneta para a mão esquerda e encaixa melhor. *Sou canhoto.*

Escrevo as palavras de cabeça. Ela analisa minha letra, e viro a página de volta.

A letra é diferente. A minha é curva, concisa. A outra é desleixada e maior. Ela pega a caneta e reescreve as palavras.

É exatamente igual. Nós dois ficamos encarando em silêncio o papel, sem saber ao certo se isso quer dizer alguma coisa. Pode ser que não signifique nada. Ou pode ser que signifique *tudo*. A terra nos meus lençóis pode significar tudo. A marca de mão manchada de sangue pode significar tudo. O fato de que a gente se lembra de coisas básicas, mas não das pessoas, pode significar tudo. As roupas que estou usando, a cor do esmalte dela, a câmera na minha mesa, as fotos na parede, o relógio em cima da porta, o copo d'água meio vazio na mesa.

Girando o corpo, vou assimilando tudo. *Todas essas coisas podem significar tudo.*

Ou pode ser que tudo isso não signifique nada.

Não sei o que catalogar na minha mente e o que ignorar. Se eu pegar no sono, talvez eu acorde no dia seguinte completamente normal de novo.

— Estou com fome — afirma ela.

Ela está me observando. Mechas de cabelo se colocam entre mim e uma visão completa do seu rosto. Ela é linda, mas de um jeito infame. Algo que não sei se eu devia apreciar. Tudo a respeito dela é cativante, como as consequências de uma tempestade. As pessoas não deviam se deleitar com a destruição que a Mãe Natureza é capaz de causar, mas é algo que atrai nosso interesse mesmo assim. Charlie é a devastação que fica depois que o tornado passa.

Como é que eu sei disso?

Nesse momento, me encarando desse jeito, ela parece estar planejando alguma coisa. Quero pegar a câmera e tirar uma foto dela. Sinto meu estômago embrulhar, e não sei direito se é nervosismo, fome ou minha reação à garota de pé ao meu lado.

— Vamos descer — digo a ela. Pego sua mochila e entrego para ela. Pego a câmera na cômoda. — Vamos comer enquanto procuramos nossas coisas.

Ela vai na minha frente e para toda vez que há uma foto no caminho entre o meu quarto e o fim da escada. A cada foto que encontramos, ela passa o dedo pelo meu rosto, pelo meu, apenas. Fico observando ela tentar me compreender por uma série de fotos. Quero lhe dizer que está perdendo tempo. Quem quer que seja nessas fotos, não sou eu.

Assim que terminamos de descer a escada, um grito irrompe em nossos ouvidos. Charlie para imediatamente, e esbarro nas suas costas. O grito saiu da mulher que está parada na porta da cozinha.

Seus olhos arregalados se alternam entre Charlie e eu, indo de um para outro.

Ela está com a mão no coração, expirando de alívio.

Não apareceu em nenhuma das fotos. É rechonchuda e mais velha, deve ter uns 60 e poucos anos. Está usando um avental que diz: "*Eu que sou a galinha dessa cozinha.*"

O cabelo dela está preso para trás, mas ela afasta os fios soltos e grisalhos enquanto expira para se acalmar.

— Meu Deus, Silas! Quase me matou de susto! — Ela se vira e entra na cozinha. — É melhor vocês dois voltarem para o colégio antes que seu pai descubra. Não vou mentir por sua causa.

Charlie continua paralisada na minha frente, então ponho a mão na sua lombar e a empurro para que continue. Ela olha para mim por cima do ombro.

— Você a conhe...

Balanço a cabeça, interrompendo a pergunta. Ela estava prestes a me perguntar se conheço a mulher na cozinha. A resposta é não. Não conheço *a mulher*, não conheço *Charlie*, não conheço aquela família nas fotos.

O que *conheço* é a câmera nas minhas mãos. Baixo os olhos e me pergunto como é que me lembro de tudo sobre como se opera essa câmera se não recordo como foi que aprendi essas coisas. Sei ajustar o ISO. Sei mexer na velocidade do obturador para deixar uma cachoeira parecendo um rio tranquilo, ou fazer cada gota d'água se destacar. Essa câmara consegue colocar os mínimos detalhes em foco, como a curva da mão de Charlie ou os cílios que contornam seus olhos, enquanto o resto do seu corpo fica um borrão. Sei que, por alguma razão, conheço melhor os detalhes dessa câmera do que a voz do meu irmão mais novo.

Ponho a alça ao redor do pescoço e deixo a câmera balançar em meu peito enquanto sigo Charlie até a cozinha. Ela anda com determinação. Já percebi que tudo que ela faz é com determinação. Ela não desperdiça nada. Todo passo que dá parece ter sido planejado. Toda palavra que diz é necessária. Sempre que seus olhos focam em alguma coisa, ela presta atenção com todos os sentidos, como se seu olhar conseguisse determinar o gosto, o cheiro, o som e a sensação daquilo. E ela só olha para as coisas quando tem algum motivo para isso. Pode esquecer o chão, as cortinas, as fotos no corredor em que eu não apareço. Ela não perde tempo com coisas que são inúteis.

E é por isso que a sigo quando ela entra na cozinha. Não sei qual seu atual objetivo. Se é conseguir mais informações com a empregada ou ir atrás de comida.

Charlie se senta ao enorme balcão, puxa o banco ao seu lado e dá um tapinha nele, sem olhar para mim. Eu me acomodo ali e deixo a câmera na minha frente. Ela põe a mochila no balcão e começa a abrir o zíper.

— Ezra, estou faminta. Tem alguma coisa pra comer?

Meu corpo inteiro se vira para Charlie no banco, mas sinto como se meu estômago tivesse ido parar em algum lugar no chão. *Como Charlie sabe o nome dela?*

Ela olha para mim, balançando rapidamente a cabeça.

— Calma — sussurra ela. — Está escrito bem ali.

Ela aponta para um bilhete — uma lista de compras — na nossa frente. É um bloco de anotações rosa, personalizado, com gatinhos na parte de baixo da folha. No topo está escrito: "Coisas que a gatinha da Ezra precisa comprar."

A mulher fecha o armário e se vira para Charlie.

— Ficou com fome enquanto estava lá em cima? Porque, caso não saiba, servem almoço no colégio onde vocês dois deviam estar agora mesmo.

— Entendi, gatinha — digo sem pensar.

A gargalhada de Charlie é contagiante, e começo a rir também. E parece que finalmente deixaram entrar um pouco de ar aqui. Ezra, sem achar tanta graça, revira os olhos. Fico me perguntando se eu era engraçado. Também sorrio, porque o fato de ela não ter ficado confusa quando foi chamada de Ezra significa que Charlie tinha razão.

Estendo o braço e passo a mão na nuca de Charlie. Ela estremece quando a toco, mas relaxa quase imediatamente ao se dar conta de isso que faz parte do nosso teatrinho. *Estamos apaixonados, Charlie. Lembra?*

— Charlie não estava se sentindo bem. Trouxe ela aqui para que pudesse tirar um cochilo, mas ela não comeu hoje. — Volto a atenção para Ezra e sorrio. — Você não tem nada aqui que possa fazer meu amor melhorar? Alguma sopa ou biscoitos, talvez?

A expressão de Ezra se suaviza quando ela vê o carinho que tenho por Charlie. Ela pega um pano de cozinha e o joga por cima do ombro.

— Vamos fazer o seguinte, Char. Que tal se eu preparar meu queijo-quente especial? Era o seu preferido quando você visitava a gente.

Minha mão enrijece no pescoço de Charlie. *Quando você visitava a gente?* Nós dois nos entreolhamos, com mais perguntas enevoando nossos olhos. Charlie assente.

— Obrigada, Ezra — agradece ela.

A mulher fecha a porta da geladeira com o quadril e começa a colocar vários ingredientes no balcão. Manteiga. Maionese. Pão. Queijo. *Mais* queijo. Queijo *parmesão*. Ela põe uma panela no fogão e liga o fogo.

— Vou fazer um pra você também, Silas — afirma Ezra. — Deve estar com a mesma virose que Charlie pegou, porque desde que entrou na puberdade não conversa tanto assim comigo.

Ela ri do próprio comentário.

— Por que não falo com você?

Charlie esbarra de propósito na minha perna e estreita os olhos. Eu não devia ter perguntado isso.

Ezra passa a faca na manteiga, pega um pouco e depois espalha no pão.

— Ah, você sabe como é — explica ela, dando de ombros. — Os meninos crescem e viram homens. As empregadas deixam de ser *Tia Ezra* e voltam a ser meras empregadas. — A voz dela sai triste.

Faço uma careta porque não gosto de descobrir esse lado meu. Não quero que *Charlie* descubra esse lado meu.

Meus olhos se fixam na câmera diante de mim. Ligo-a. Charlie começa a mexer na mochila, inspecionando um item de cada vez.

— Xiii! — exclama ela.

Ela está segurando um celular. Eu me inclino por cima do seu ombro e olho para a tela com Charlie bem no momento em que ela o tira do silencioso. Tem sete ligações perdidas e ainda mais mensagens de texto, todas de "Mãe".

Ela abre a última mensagem, enviada três minutos atrás.

Você tem três minutos para retornar minhas ligações.

Acho que não pensei nas consequências de matar aula. As consequências que, no caso, são nossos pais, de quem nem nos lembramos.

— É melhor a gente ir — digo a ela.

Nós dois nos levantamos juntos. Ela joga a mochila no ombro, e eu pego minha câmera.

— Espere — pede Ezra. — O primeiro sanduíche está quase pronto. — Ela vai até a geladeira e pega duas latas de Sprite. — Isso vai ser bom para o estômago dela. — Então me entrega os refrigerantes e enrola o sanduíche num papel toalha. Charlie já está esperando na porta de casa. Quando estou prestes a me afastar, Ezra aperta meu punho. Eu me viro de novo para ela, que olha de Charlie para mim. — É bom vê-la aqui de novo — fala baixinho. — Estava com medo de que a situação dos pais de vocês afetasse esse namoro. Você já amava essa garota antes mesmo de saber andar.

Fico encarando-a, sem saber como assimilar todas as informações que acabei de receber.

— Antes mesmo que eu soubesse andar, é?

Ela sorri como se soubesse de um segredo meu. Quero-o de volta.

— Silas — chama Charlie.

Dou um breve sorriso para Ezra e ando até Charlie. Assim que chego na porta, o toque agudo do celular a assusta e o aparelho cai das suas mãos, atingindo direto o chão. Ela se ajoelha para pegá-lo.

— É ela — diz, levantando-se. — O que devo fazer?

Abro a porta e, segurando-a pelo cotovelo, levo-a depressa para fora. Depois que a porta se fecha, me volto para ela. O telefone está tocando pela terceira vez.

— Você devia atender.

Ela fica encarando o celular, os dedos segurando-o com firmeza. Como ela não atende, eu o pego e deslizo o botão para a direita a fim de atender. Ela franze o nariz e me fulmina com o olhar enquanto leva o aparelho ao ouvido.

— Alô?

Começamos a andar até o carro, mas fico escutando em silêncio as frases cortadas vindo do celular: "Você sabe que é errado", "Matar aula", "Como foi capaz de fazer isso?". As palavras continuam saindo do celular até nós dois estarmos sentados no meu carro com as portas fechadas. Ligo o motor, e a mulher para de falar por vários segundos. De repente, a voz sai em alto volume pelos alto-falantes do carro. *Bluetooth. Lembro o que é bluetooth.*

Ponho as bebidas e o sanduíche no console do centro e começo a dar ré na entrada da garagem. Charlie ainda não teve oportunidade de responder, mas revira os olhos quando a encaro.

— Mãe — diz Charlie inexpressivamente, numa tentativa de interrompê-la. — Mãe, estou indo pra casa. Silas vai me levar até o meu carro.

Um longo silêncio sucede as palavras dela, e, de alguma maneira, sua mãe consegue ser bem mais intimidante quando *não* está gritando pelo telefone. Ao voltar a falar, ela pronuncia as palavras de maneira lenta e forte.

— Por favor, não me diga que deixou *aquela* família comprar um *carro* pra você.

Nossos olhares se encontram, e Charlie articula baixinho *merda*.

— Eu... não. Não, quis dizer que Silas vai me levar para casa. Chego em alguns minutos.

Charlie atrapalha-se com o celular nas mãos, tentando voltar para uma tela que permita encerrar a ligação. Aperto o botão de desconectar no volante, desligando-o para ela.

Ela inspira lentamente, virando-se para a janela. Ao expirar, um pequeno círculo de névoa surge na janela, perto da sua boca.

— Silas? — Ela volta-se para mim e ergue uma sobrancelha.

— Acho que minha mãe é uma vaca.

Eu rio, mas não tento consolá-la. Concordo com ela.

Nós dois ficamos em silêncio durante vários quilômetros. Mentalmente, repasso inúmeras vezes a breve conversa que tive com Ezra. Não consigo tirar essa cena da cabeça, e ela nem é minha mãe. Nem consigo imaginar o que Charlie deve estar sentindo, depois de ter falado com sua mãe de verdade. Acho que no fundo nós dois estávamos achando que nossa memória despertaria quando tivéssemos contato com alguém tão próximo quanto nossos pais. Pela reação de Charlie, percebo que ela não reconheceu absolutamente nada na mulher com quem falou ao telefone.

— Não tenho carro — diz ela baixinho. Olho para ela, que está desenhando uma cruz com a ponta do dedo na janela embaçada. — Tenho 17 anos. Por que será que não tenho carro?

Assim que ela menciona o carro, lembro que ainda estou dirigindo para o colégio, e não na direção de aonde quer que eu tenha que levá-la.

— Por acaso lembra onde mora, Charlie?

Ela fixa os olhos em mim, e, numa fração de segundo, a clareza sobrepõe a confusão em seu rosto. A facilidade com que consigo interpretar suas expressões nesse momento, em comparação a hoje de manhã, é fascinante. Seus olhos são como livros abertos, e de repente fico com vontade de devorar todas as páginas.

Ela tira a carteira da mochila e lê o endereço na sua habilitação.

— Se parar o carro, a gente pode colocar no GPS — diz ela.

Aperto o botão de navegação.

— Esses carros são fabricados em Londres. Não precisa parar se quiser colocar um endereço novo no GPS.

Começo a digitar o número da sua casa, e sinto que ela está me observando. Nem preciso ver seus olhos para saber que estão transbordando de desconfiança.

Balanço a cabeça antes mesmo que ela pergunte

— Não, não faço ideia de como eu sabia disso.

Depois de colocar o endereço, viro o carro e começo a seguir para a casa dela. Estamos a 11 quilômetros de distância. Ela abre os dois refrigerantes e parte o sanduíche no meio, me dando metade. Passamos 10 quilômetros sem dizer nada. Quero estender o braço e segurar sua mão para tranquilizá-la. Quero dizer algo que a console. Se fosse ontem, tenho certeza de que teria feito isso sem hesitar. Porém, não é mais ontem. É hoje, e hoje Charlie e eu somos completos estranhos um para o outro.

No décimo primeiro e último quilômetro ela fala, mas tudo que diz é:

— Esse queijo-quente estava muito gostoso. Não esqueça de contar para Ezra que eu disse isso.

Desacelero. Dirijo bem abaixo do limite de velocidade até chegarmos à rua dela, e então paro assim que entro na via. Ela está olhando pela janela, assimilando todas as casas. São pequenas. Têm um andar, com uma vaga de garagem. Cada uma dessas casas caberia dentro da minha cozinha, e ainda assim sobraria espaço para preparar uma refeição.

— Quer que eu entre com você?

Ela balança a cabeça.

— É melhor não. Parece que minha mãe não gosta muito de você.

Ela tem razão. Queria saber a que a mãe dela se referiu quando disse *aquela* família. Queria saber o que Ezra quis dizer quando mencionou nossos pais.

— Acho que é aquela — diz ela, apontando para uma casa um pouco mais à frente.

Tiro o pé do acelerador e sigo na direção da casa que ela aponta. É de longe a mais bonita da rua, mas só porque o jardim foi aparado recentemente e a tinta da moldura das janelas não está descascando.

Meu carro desacelera e, por fim, para na frente da casa. Nós dois a observamos, assimilando silenciosamente a imensa distância entre a minha vida e a dela. No entanto, não se compara ao vazio que sinto por saber que vamos nos despedir agora e passar o resto da noite separados. Ela tem sido um ótimo amortecedor entre mim e a realidade.

— Faça um favor pra mim — digo a ela, enquanto ponho o carro no ponto morto. — Procure meu nome no seu identificador de chamadas. Quero ver se tem algum celular meu aqui dentro.

Ela concorda com a cabeça e dá uma olhada na lista de contatos. Toca a tela e leva o celular ao ouvido, prendendo o lábio inferior com os dentes para disfarçar o que parece ser um sorriso.

Assim que abro a boca para perguntar o que a fez sorrir, um toque abafado soa dentro do console. Abro-o e enfio o braço lá dentro até encontrar o celular. Quando olho a tela, leio o nome do contato:

Charlie linda

Acho que isso responde a minha pergunta. Ela também deve ter um apelido para mim. Deslizo para atender, e levo o telefone ao ouvido.

— Oi, *Charlie linda*.

Ela ri, e eu a escuto duas vezes. Uma pelo celular e a outra no banco ao meu lado.

— Acho que a gente era um casal bem brega, *Silas lindo* — diz ela.

— Parece que sim.

Passo o dedão pelo volante, esperando ela dizer mais alguma coisa. Mas isso não acontece. Ela continua observando a casa desconhecida.

— Ligue pra mim assim que puder, está bem?

— Tá certo — diz ela.

— Talvez você escrevesse um diário. Tente achar alguma coisa que possa nos ajudar.

— Tá certo — repete.

Continuamos com os celulares no ouvido. Não sei se ela está hesitando para sair porque tem medo do que vai encontrar lá dentro, ou se não quer se afastar da única pessoa que compreende sua situação.

— Acha que vai contar pra alguém? — pergunto.

Ela afasta o celular do ouvido, encerrando a ligação.

— Não quero que ninguém ache que estou enlouquecendo.

— Você não está enlouquecendo — afirmo. — Não se é algo que está acontecendo com nós dois.

Ela contrai os lábios, formando uma linha fina e firme. Depois assente de forma bem sutil, como se sua cabeça fosse feita de vidro.

— Exatamente. Se eu estivesse passando por isso sozinha, seria bem fácil simplesmente dizer que estou enlouquecendo. Mas *não* sou só eu. Nós dois estamos passando por isso, o que significa que é alguma coisa totalmente diferente. E isso me assusta, Silas.

Ela abre a porta e sai. Abaixo a janela enquanto ela bate a porta. Charlie apoia os braços cruzados na janela e força um sorriso, gesticulando por cima do ombro para a casa atrás dela.

— Acho que já posso afirmar que lá não vai ter nenhuma empregada pra fazer queijo-quente pra mim.

Dou um sorriso forçado de volta.

— Você tem meu número. É só ligar se precisar que eu passe aqui para resgatá-la.

Seu sorriso falso some quando franze a testa genuinamente.

— Como uma donzela em apuros. — Ela revira os olhos. Enfia o braço dentro do carro e pega sua mochila. — Me deseje boa sorte, *Silas lindo*.

Seu termo afetuoso está cheio de sarcasmo, e eu meio que odeio isso.

5

Charlie

— **M**ãe? — Minha voz está fraca, um chiado. Pigarreio. — Mãe? — chamo de novo.

Ela surge do corredor, e imediatamente penso num carro sem freios. Recuo dois passos até bater as costas na porta de casa.

— O que você estava fazendo com aquele garoto? — sussurra ela.

Sinto cheiro de álcool em seu hálito.

— Eu... ele me trouxe pra casa do colégio.

Franzo o nariz e respiro pela boca. Ela está invadindo completamente meu espaço pessoal. Estendo o braço para trás e seguro a maçaneta caso precise sair depressa. Eu esperava sentir alguma coisa quando a visse. Ela foi o útero que me incubou e quem organizou minhas festas de aniversário nos últimos 17 anos. Eu meio que esperava alguma rajada de carinho ou de lembranças, certa familiaridade. Estremeço, afastando-me da desconhecida à minha frente.

— Você matou aula. Estava com *aquele* garoto! Pode se explicar?

Parece que um bar inteiro vomitou em cima dela.

— Não estou me sentindo... eu mesma. Pedi que ele me trouxesse pra casa. — Recuo outro passo. — Por que está bêbada no meio do dia?

Ela arregala os olhos, e por um minuto fico achando que realmente vai me bater. No último momento, ela cambaleia para trás e desliza encostada na parede, até se sentar no chão. Lágrimas enchem seus olhos, e preciso desviar os meus.

OK. Eu não esperava por isso.

Consigo lidar com gritos. Mas choro me deixa nervosa. Ainda mais quando é de uma completa desconhecida e não sei o que dizer. Passo lentamente ao seu lado enquanto ela enterra o rosto nas mãos e começa a soluçar bastante. Não sei se isso é normal para ela. Hesito, parando bem no meio do caminho entre a entrada da casa e a sala de estar. Por fim, deixo-a chorando e decido descobrir onde fica meu quarto. Não posso ajudá-la. Sequer a conheço.

Quero me esconder até desvendar alguma coisa. Tipo quem eu sou, afinal. A casa é menor do que eu pensava. Logo depois de onde minha mãe está chorando no chão há uma cozinha e uma pequena sala. Os dois cômodos estão organizados e atulhados, completamente cheios de móveis que não combinam muito com o lugar. Coisas caras numa casa barata. Encontro três portas. A primeira está aberta. Dou uma olhada lá dentro e noto uma coberta xadrez. Será que é o quarto dos meus pais? Sei por essa coberta que não é o meu. Gosto de flores. Abro a segunda porta: um banheiro. A terceira é outro quarto que fica do lado esquerdo do corredor. Entro. Duas camas. Solto um gemido. Tenho um irmão ou uma irmã.

Tranco a porta depois de entrar, e meus olhos analisam o espaço compartilhado ao meu redor. Tenho uma irmã. Pelas suas coisas, ela é pelo menos alguns anos mais nova do que eu. Fico encarando com desgosto os pôsteres de banda que enfeitam seu lado do quarto. Meu lado é mais simples: uma cama de solteiro com um edredom roxo-escuro e um quadro preto e branco emoldurado na parede acima da cama. No mesmo instante sei que é uma fotografia de Silas. Um portão quebrado pendurado pelas dobradiças, com videiras abrindo caminho e estrangulando as pontas metálicas enferrujadas — não é tão sombrio quanto as fotos do quarto dele, portanto, talvez seja mais adequado para mim. Há uma pilha de livros na minha mesa de cabeceira. Estendo o braço para ler o título de algum quando meu telefone apita.

Silas: Você está bem?

Eu: Acho que minha mãe é alcoólatra, e tenho uma irmã.

A resposta dele chega alguns segundos depois.

Silas: Não sei o que dizer. Isso é tão constrangedor.

Rio e largo o celular. Quero dar uma olhada ao redor, ver se acho algo suspeito. Minhas gavetas estão arrumadas. Devo ter transtorno obsessivo-compulsivo. Remexo as meias e as calcinhas para descobrir se fico irritada com isso.

Não tem nada nas gavetas, nada na minha mesa de cabeceira. Encontro uma caixa de camisinhas dentro de uma bolsa debaixo da cama. Estou atrás de um diário, de bilhetes escritos por amigos, mas não há nada. Sou um ser humano sem graça, e até mesmo entediante se não fosse pelo quadro em cima da minha cama. Um quadro que Silas me deu, não um que eu mesma escolhi.

Minha mãe está na cozinha. Escuto-a fungando e preparando algo para comer. *Ela está bêbada*, penso. Se eu fizer algumas perguntas, talvez ela nem lembre depois.

— Oi, é... mãe — digo, entrando e parando perto dela.

Ela interrompe a preparação da sua torrada para me olhar com os olhos turvos.

— Então, eu estava estranha ontem à noite?

— Ontem à noite? — repete ela.

— Estava? — insisto. — Sabe... quando cheguei em casa.

Ela passa a faca no pão até ele ficar coberto de manteiga.

— Você estava suja — repreende ela. — Eu disse pra você tomar banho.

Penso na terra e nas folhas na cama de Silas. Isso significa que provavelmente a gente estava junto.

— Que horas cheguei em casa? A bateria do meu celular tinha acabado — minto.

Ela estreita os olhos.

— Umas dez.

— Eu disse alguma coisa... estranha?

Ela se vira e vai até a pia, onde morde a torrada e fica encarando o ralo.

— Mãe! Preste atenção. Preciso que você responda.

Por que isso me parece familiar? Eu implorando, ela me ignorando.

— Não — diz ela simplesmente.

Então penso numa coisa: minhas roupas de ontem à noite. Ao lado da cozinha há um pequeno armário com uma lavadora e uma secadora empilhadas. Abro a porta da lavadora e encontro um pequeno monte de roupas molhadas e emboladas. Tiro-as ali de dentro. Com certeza são do meu tamanho. Devo ter jogado ali dentro ontem à noite, tentando apagar as evidências. *Evidências de quê?* Vasculho os bolsos da calça jeans com os dedos e os enfio lá dentro. Há uma pilha grossa e úmida de papéis. Solto a calça e levo o que encontro para o meu quarto. Se eu tentar desdobrá-los, podem se desfazer. Decido deixá-los na janela para secar.

Mando uma mensagem para Silas.

Eu: Cadê você?

Espero alguns minutos. Como ele não responde, tento de novo.

Eu: Silas!

Eu me pergunto se sempre faço isso: encher o saco até ele responder.

Mando mais cinco e depois jogo o telefone do outro lado do quarto, enterrando o rosto no travesseiro de Charlie Wynwood para chorar. Charlie Wynwood provavelmente nunca chorou. A julgar pelo seu quarto, ela não tem personalidade. Sua mãe é uma alcoólatra, e a irmã tem péssimo gosto musical. E como é que sei que o pôster em cima da cama da minha irmã se refere à música da Charli XCX, mas não lembro o nome da tal irmã? Vou até o lado dela do pequeno quarto e mexo em suas coisas.

— Ahá! — exclamo, pegando um diário rosa com bolinhas embaixo do travesseiro dela.

Eu me acomodo na cama dela e abro a capa.

Propriedade de Janette Elise Wynwood.

NÃO LEIA!

Ignoro o aviso e abro a primeira página, que tem o seguinte título:

Charlie é um saco.

Minha irmã é a pior pessoa do mundo. Espero que ela morra.

Fecho o caderno e o enfio de volta debaixo do travesseiro.

— Deu supercerto, né.

Minha família me odeia. Que tipo de ser humano faz a própria família odiá-lo? Do outro lado do quarto, meu celular avisa que chegou uma mensagem. Dou um pulo por pensar que é Silas, e sinto um alívio repentino. Tem duas mensagens. Uma é de Amy.

Cadê vc?!!

E a outra é de um cara chamado Brian.

Oi, senti saudade de vc hj. Contou pra ele?

Ele quem? E contar o quê?

Largo o telefone sem responder nenhuma das duas. Decido dar mais uma chance ao diário, pulando todas as páginas até a mais recente, que foi escrita ontem à noite.

Título: Talvez eu precise usar aparelho, mas a gente não tem dinheiro.

Charlie usou aparelho.

Passo a língua nos dentes. Sim, parecem bem retinhos.

Os dentes dela são retos e perfeitos, e eu vou ter que ficar com o dente torto pra sempre. Mamãe disse que ia ver como pode pagar, mas, desde que aconteceu aquilo com a empresa do papai, a gente não tem mais dinheiro para coisas normais. Odeio ter que levar meu almoço pra escola. Parece que estou no maternal!

Pulo o parágrafo em que ela detalha a última menstruação da amiga Payton. Ela está tagarelando sobre a própria falta de menstruação quando é interrompida por eu mesma aqui.

Preciso parar. Charlie acabou de chegar e está chorando. Ela quase nunca chora. Espero que Silas tenha acabado o namoro com ela... assim ela aprenderia.

Então eu estava chorando quando cheguei em casa ontem à noite? Vou até a janela e vejo que o papel do meu bolso já secou bem. Alisando-o com cuidado, ponho-o na mesa, que pelo jeito divido com minha irmã. Parte da tinta desbotou, mas parece uma nota fiscal. Mando uma mensagem para Silas.

Eu: Silas, preciso de uma carona.

Espero mais uma vez e fico irritada por ele estar demorando a responder. *Sou impaciente*, acho.

> *Eu: Tem um cara chamado Brian me mandando mensagem. Ele parece estar dando em cima de mim. Posso pedir carona pra ele se estiver ocupado...*

Meu telefone apita um segundo depois.

> *Silas: Nem a pau! Já tô indo!*

Sorrio.

Não vai ser difícil sair escondida de casa, pois minha mãe apagou no sofá. Fico observando-a por um instante, analisando seu rosto adormecido e tentando desesperadamente me lembrar dele. Ela parece Charlie, só que mais velha. Antes de sair para esperar Silas, cubro-a e pego dois refrigerantes na geladeira vazia.

— Até mais, mãe — me despeço baixinho.

6

Silas

Não sei se estou indo atrás dela porque quero protegê-la ou se é porque sou possessivo. Seja como for, não gosto da ideia de ela pedir ajuda a outra pessoa. Fico me perguntando quem é esse tal de Brian, e por que ele não vê nenhum problema em mandar mensagens dando em cima dela quando é óbvio que nós dois estamos juntos.

Minha mão esquerda ainda está segurando o celular quando toca de novo. Não aparece nenhum número na tela. Só a palavra "Mano". Deslizo o dedo e atendo.

— Alô?

— Onde você se meteu?

É a voz de um garoto. Uma voz que parece muito com a minha. Olho para a esquerda e para a direita, mas não há nada familiar no cruzamento onde estou.

— Estou no carro.

Ele solta um gemido.

— Não brinca. Se continuar faltando ao treino, vai para o banco.

O Silas de ontem provavelmente teria ficado furioso com isso. O Silas de agora está aliviado.

— Que dia é hoje?

— Quarta. O dia antes de amanhã e depois de ontem. Venha me buscar, o treino acabou.

Por que ele não tem um carro próprio? Nem sei quem é esse garoto, e ele já me parece inconveniente. Com certeza é o meu irmão.

— Preciso buscar Charlie primeiro — digo.

Ele faz uma pausa.

— Na casa dela?

— É.

Mais uma pausa.

— Está querendo morrer, é?

Detesto não saber o que pelo visto todo mundo sabe. Por que eu não seria bem-vindo na casa de Charlie?

— Tá bom, mas vem logo — diz ele, logo antes de desligar.

*

Ela está em pé na rua quando viro a esquina. Está encarando a própria casa. Com as mãos ao lado do corpo, está segurando dois refrigerantes. Um em cada mão. Segura como se fossem armas, como se quisesse arremessá-los na casa à sua frente na esperança de que, na verdade, sejam granadas. Reduzo a velocidade e paro a alguns metros dela.

Ela não está com a mesma roupa de antes. Colocou uma saia longa e preta que cobre os pés. Há um cachecol preto enrolado em seu pescoço, caindo em cima do ombro. Usa uma camisa bege de manga comprida, mas, mesmo assim, parece com frio. Uma rajada de vento sopra, e a saia e o cachecol esvoaçam, mas ela parece não se incomodar. Nem pisca. Está perdida nos próprios pensamentos.

E eu me perco nela.

Quando ponho o carro no ponto morto, ela vira a cabeça, olha para mim e logo em seguida desvia a vista para o chão. Anda até a porta do carona e entra. Seu silêncio parece implorar pelo meu silêncio, portanto, não digo nada enquanto seguimos para o colégio. Depois de alguns quilômetros, ela relaxa no banco e apoia a bota no painel.

— Aonde estamos indo?

— Meu irmão ligou. Precisa de uma carona.

Ela concorda com a cabeça.

— Parece que me dei mal por ter perdido o treino de futebol hoje.

Tenho certeza de que pelo meu tom de voz desanimado ela percebe que não estou muito preocupado por ter faltado ao treino. Futebol não é uma prioridade no momento, então acabar no banco vai ser melhor para todo mundo.

— Você joga futebol — diz ela, inexpressivamente. — Eu não faço nada. Sou uma chata, Silas. Meu quarto é sem graça. Não tenho diário. Não coleciono nada. Só tenho a foto de um portão, e nem fui eu quem a tirou. Foi *você*. A única coisa com personalidade no meu quarto inteiro é algo que você me deu.

— Como sabe que a foto é minha?

Ela dá de ombros e estica a saia sobre os joelhos.

— Você tem um estilo peculiar. É como uma impressão digital. Soube que era sua porque você só tira fotos daquilo que as pessoas têm medo de encarar na vida real.

Acho que ela não gosta das minhas fotografias.

— Então... — começo, olhando para a frente. — Quem é esse tal de Brian?

Ela pega o celular e abre as mensagens. Tento dar uma espiada, sabendo que estou longe demais para conseguir ler, mas me esforço mesmo assim. Percebo que ela inclina um pouco o telefone para a direita, para que eu não o veja.

— Não sei — responde ela. — Vi as mensagens antigas para tentar descobrir alguma coisa, mas nossas mensagens são confusas. Não sei se eu estava ficando com você ou com ele.

Minha boca fica seca de novo. Pego um dos refrigerantes que ela trouxe e o abro. Tomo um grande gole e o coloco de volta no porta-copos.

— Talvez estivesse ficando com nós dois — digo, um pouco irritado. Tento parecer mais tranquilo: — O que dizem as mensagens de hoje?

Ela bloqueia o celular e o põe no colo com a tela virada para baixo, quase como se tivesse vergonha de olhar para o aparelho. Não me responde. Sinto meu pescoço corar e reconheço o calor do ciúme surgindo sorrateiramente dentro de mim, como se fosse um vírus. Não gosto disso.

— Responda à mensagem dele — sugiro. — Diga que não quer que ele mande mais mensagens, que quer se resolver comigo.

Ela olha para mim.

— Não sabemos qual era nossa situação — diz ela. — E se eu não gostasse de você? E se a gente estivesse querendo terminar?

Volto o olhar para a rua e cerro os dentes.

— Só acho melhor nós dois ficarmos juntos até descobrirmos o que aconteceu. Você nem sabe quem é esse Brian.

— Também não sei quem você é — retruca ela.

Entro no estacionamento do colégio. Ela está me observando atentamente, esperando minha resposta. Parece que está tentando me provocar.

Estaciono e desligo o carro. Seguro o volante com a mão direita e o queixo com a esquerda. Aperto as duas coisas.

— Como a gente vai fazer isso?

— Pode ser um pouco mais específico? — pede ela.

Balanço bem sutilmente a cabeça. Nem sei se ela está me olhando para perceber.

— Não tenho como ser específico porque estou me referindo a tudo. A nós dois, a nossas famílias, a nossas vidas. Como a gente vai entender isso, Charlie? E como entender sem descobrir coisas sobre o outro que vão nos irritar?

Antes que ela possa me responder, alguém sai por um portão e começa a andar na nossa direção. Ele se parece comigo, só que mais novo. Talvez esteja no primeiro ano. Ainda não tem a minha altura, mas pela sua aparência provavelmente vai ficar maior do que eu.

— Isso vai ser bem divertido — diz ela, observando meu irmão mais novo se aproximar do carro.

Ele vai direto para o banco de trás ao lado do carona e escancara a porta. Joga a mochila ali dentro, um par extra de sapatos, uma bolsa de academia e, por fim, ele próprio.

A porta bate.

Ele pega o celular e começa a ver suas mensagens. Está ofegante, o cabelo suado e colado na testa. Temos o mesmo cabelo. Quando ele olha para mim, noto que também temos os mesmos olhos.

— Qual é o seu problema? — pergunta ele.

Não respondo. Eu me viro de volta no banco e olho para Charlie. Ela exibe um sorriso sarcástico, mandando mensagem para alguém. Eu me seguro para não pegar seu celular e descobrir se está mandando mensagem para Brian, mas meu telefone vibra com sua mensagem assim que ela aperta enviar.

Charlie: Você pelo menos sabe o nome do seu irmão?

Não faço nenhuma ideia de qual é o nome dele.

— Merda — digo.

Charlie ri, mas interrompe a risada quando avista alguma coisa no estacionamento. Meu olhar acompanha o dela e se fixa num garoto. Ele está andando de maneira imponente na direção do carro, fulminando Charlie com o olhar.

Eu o reconheço. É o cara do banheiro de hoje de manhã. O que tentou me provocar.

— Deixa eu adivinhar — digo. — Brian?

Ele vai direto para a porta do carona e a abre. Dá um passo para trás e aponta o dedo para Charlie. Ele me ignora completamente, mas vai passar a me conhecer muito em breve se acha que pode chamar Charlie desse jeito.

— A gente precisa conversar — afirma ele, sendo bem claro.

Charlie põe a mão na porta para fechá-la.

— Desculpe — diz ela. — A gente já estava indo. Amanhã nós conversamos.

Seu rosto é tomado pela incredulidade, mas também há uma dose considerável de raiva. Assim que o vejo agarrá-la pelo braço e puxá-la para perto, saio e dou a volta na frente do carro. Estou me movendo tão rápido que escorrego no cascalho e preciso me segurar no capô para não cair. *Que sutil.* Sigo depressa até a porta do carona, pronto para agarrar o canalha pelo pescoço, mas ele está encurvado, gemendo. E tapando um dos olhos com a mão. Ele endireita a postura e lança um olhar furioso para Charlie com o olho bom.

— Avisei para não tocar em mim — diz Charlie, rangendo os dentes.

Ela está parada ao lado da porta, ainda com o punho cerrado.

— Não quer que eu toque em você? — pergunta ele, sorrindo sarcasticamente. — Isso é novidade.

Assim que começo a avançar na direção dele, Charlie empurra meu peito com a mão. Lança um olhar ameaçador, balançando de leve a cabeça. Eu me obrigo a respirar profunda e calmamente, e dou um passo para trás.

Charlie volta a atenção para Brian.

— Isso foi ontem, Brian. Hoje é um dia completamente diferente, e eu vou embora com Silas. Entendeu?

Ela se vira e entra no carro. Espero sua porta estar fechada e trancada antes de voltar para o lado do motorista.

— Ela está traindo você — grita Brian para mim.

Paro imediatamente.

Eu me viro devagar para ele, que agora exibe uma postura ereta. Pelo seu jeito, espera que eu parta para cima dele. Como não faço isso, ele continua com a provocação.

— Comigo — acrescenta ele. — E foi mais de uma vez. Já faz mais de dois meses que isso está acontecendo.

Fico encarando-o, tentando me manter calmo por fora, mas, internamente, minhas mãos estão ao redor do seu pescoço, espremendo todo o oxigênio dos seus pulmões.

Olho para Charlie. Seus olhos imploram para que eu não faça nenhuma idiotice. Eu me viro de volta para ele e, não sei como, consigo dar um sorriso.

— Que legal, Brian. Quer um troféu?

Queria poder guardar a expressão que surge no rosto dele numa garrafa e abri-la toda vez que precisasse cair na gargalhada.

Depois que retorno para o carro, saio do estacionamento de forma mais dramática do que provavelmente deveria. Quando estamos na rua, indo para a minha casa, finalmente encontro forças para fitar Charlie. Ela também está me encarando. Ficamos nos olhando por alguns segundos, analisando a reação um do outro. Logo antes de ser obrigado a olhar de volta para a rua à frente, percebo que ela sorri.

Nós dois começamos a rir. Ela relaxa no banco e diz:

— Não acredito que eu estava traindo você com aquele cara. Você deve ter feito alguma coisa que me deixou furiosa.

Sorrio para ela.

— Então devo ter cometido assassinato para você me trair com aquele cara.

Escutamos alguém pigarrear no banco de trás, e olho no retrovisor no mesmo instante. Eu tinha me esquecido completamente do meu irmão. Ele se inclina para a frente, ficando entre os bancos da frente. Olha para Charlie e depois para mim.

— Deixa eu ver se entendi direito — diz ele. — Vocês dois estão *rindo* disso?

Charlie me olha de relance. Nós dois paramos de rir, e Charlie pigarreia.

— Há quanto tempo nós dois estamos juntos, Silas? — pergunta ela.

Finjo contar nos dedos quando meu irmão responde:

— Quatro anos. — Caramba, o que vocês dois têm?

Charlie inclina-se para a frente e encontra meus olhos. Sei exatamente o que ela está pensando.

— *Quatro anos?* — murmuro.

— Nossa — diz Charlie. — Muito tempo.

Meu irmão balança a cabeça e se encosta no banco.

— Vocês dois são piores que um programa do Jerry Springer.

Jerry Springer é apresentador de um programa de entrevistas. Como é que eu sei disso? Será que Charlie também se lembra?

— Você se lembra de Jerry Springer? — pergunto a ela.

Seus lábios estão contraídos enquanto ela pensa a respeito. Depois, assente e se vira para a janela do carona.

Nada faz sentido. Como é que nos lembramos de celebridades? De pessoas que nunca conhecemos? Como sei que Kanye West se casou com uma Kardashian? Como sei que Robin Williams morreu?

Consigo me recordar de todos que nunca conheci, mas não sou capaz de me lembrar da garota por quem sou apaixonado havia mais de quatro anos? Uma inquietação surge dentro de mim, percorrendo minhas veias até atingir meu coração. Passo os próximos quilômetros relembrando silenciosamente todos os nomes e rostos de pessoas que não esqueci. Presidentes. Atores. Políticos. Músicos. Estrelas de reality shows.

Mas não consigo de jeito nenhum lembrar o nome do meu irmão mais novo, que está saindo do banco de trás justo nesse momento. Observo ele entrar na nossa casa. Continuo encarando a porta bem depois de ele ter entrado. Fico olhando para minha casa assim como Charlie olhou para a dela.

— Você está bem? — pergunta ela.

É como se o som da sua voz fosse uma sucção, me puxando da minha cabeça a uma velocidade perigosa e me empurrando de volta ao presente. O momento em que imagino Charlie e

Brian e as palavras que precisei fingir não terem me afetado. *"Ela está traindo você."*

Fecho os olhos e encosto a cabeça no apoio do banco.

— Por que acha que isso aconteceu?

— Você tem mesmo que aprender a ser mais específico, Silas.

— Tá bom — respondo, erguendo a cabeça e olhando diretamente para ela. — Brian. Por que acha que transou com ele? Ela suspira.

— Não pode ficar bravo comigo por causa disso.

Inclino a cabeça e encaro Charlie, sem acreditar.

— A gente estava junto há *quatro* anos, Charlie. Não pode me culpar se estou um pouco chateado.

Ela balança a cabeça.

— *Eles* estavam juntos há quatro anos. Charlie e Silas. Nós dois, não — argumenta ela. — Além disso, quem foi que disse que você era um anjo? Não deu uma olhada nas suas mensagens?

Nego com a cabeça.

— Agora estou com medo de olhar. E não faça isso.

— Não faça o quê?

— Não se refira a nós dois na terceira pessoa. Você *é* ela. E eu sou ele. Quer a gente goste de quem éramos ou não.

Assim que começo a sair da entrada da garagem, o celular de Charlie toca.

— Minha irmã — diz ela, logo antes de atender dizendo alô. Ela fica escutando em silêncio por alguns segundos, sem tirar os olhos de mim. — Ela estava bêbada quando cheguei em casa. Estarei aí em alguns minutos. — Ela desliga. — De volta para o colégio — afirma. — Minha mãe alcoólatra deveria ter buscado minha irmã depois da natação. Parece que vamos conhecer mais um parente.

Eu rio.

— Pelo jeito fui motorista na vida passada.

A expressão de Charlie fica tensa.

— Paro de me referir a nós dois na terceira pessoa se você não falar mais que foi uma vida passada. A gente não *morreu*, Silas. Só não está se lembrando de nada.

— A gente se lembra de *algumas* coisas — ressalto.

Começo a voltar para o colégio. Pelo menos vou aprender o caminho de tanto ir e voltar.

— Tinha uma família no Texas cujo papagaio sumiu — diz ela. — Quatro anos depois, reapareceu do nada... falando espanhol — Ela ri. — Por que sei dessa história inútil, mas não me lembro do que fiz 12 horas atrás?

Não respondo porque sua pergunta é retórica, diferente de todas as questões na minha cabeça.

Quando paramos no colégio mais uma vez, uma cópia de Charlie está parada na entrada com as mãos cruzadas firmemente no peito. Ela entra no banco de trás e se senta exatamente onde meu irmão sentara ainda há pouco.

— Como foi seu dia? — pergunta Charlie a ela.

— Cale a boca — responde a irmã.

— Então não foi bom?

— Cale a boca — repete ela.

Charlie foca os olhos arregalados em mim, mas dá um sorriso malicioso.

— Ficou esperando muito tempo?

— Cale a *boca* — insiste a irmã dela de novo.

Então me dou conta de que Charlie só está provocando a garota. Sorrio quando Charlie continua.

— Mamãe estava superbêbada quando cheguei em casa hoje.

—E isso é novidade? — pergunta a menina.

Pelo menos dessa vez ela não disse cale a boca.

Charlie faz mais algumas perguntas, mas a irmã a ignora completamente, prestando atenção só no celular em suas mãos. Quando paramos na entrada da casa de Charlie, sua irmã já começa a abrir a porta antes mesmo de o carro parar.

— Avise a mamãe que vou chegar tarde — diz Charlie, enquanto sua irmã sai do carro. — E quando você acha que papai vai chegar?

A irmã dela para e fica encarando Charlie com um olhar de desprezo.

— De acordo com o juiz, vai demorar entre dez e quinze anos.

Ela bate a porta.

Eu não estava esperando por isso, e, pelo jeito, Charlie também não. Ela vira-se devagar no banco até ficar olhando para a frente mais uma vez. Inspira lentamente e solta o ar com cautela.

— Minha irmã me odeia. Minha casa é um lixo. Minha mãe é alcoólatra. Meu pai está preso. Eu traio você. — Ela olha para mim. — Por que diabo está namorando comigo?

Se eu a conhecesse melhor, daria um abraço nela. Seguraria sua mão. *Faria alguma coisa.* Mas não sei como agir. Não existe nenhum protocolo a ser seguido quando alguém quer consolar a namorada de quatro anos que conheceu pela manhã.

— Bem, de acordo com Ezra, eu amo você antes mesmo de saber andar. Acho que é difícil deixar algo assim para trás.

Ela ri baixinho.

— Você deve ser extremamente leal, porque até *eu* estou começando a me odiar.

Quero estender o braço e tocar sua bochecha. Fazer com que olhe para mim. Mas não faço isso. Engato a ré e não encosto nela.

— Talvez você seja bem mais do que a sua situação financeira e a sua família.

— É. — Ela olha para mim, e seu desapontamento é substituído momentaneamente por um breve sorriso. — Talvez.

Rio com ela, mas cada um olha a própria janela a fim de esconder os sorrisos. Quando chegamos à rua de novo, Charlie liga o rádio. Passa por várias estações e para em uma que faz nós dois começarmos a cantar imediatamente. Assim que repetimos a primeira frase da letra, nos viramos um para o outro.

— Letras — diz ela baixinho. — A gente se lembra de letras de música.

Nada faz sentido. A essa altura, minha mente está tão exausta que não estou a fim de tentar entender mais nada. Só quero sentir o alívio que a música proporciona. Pelo jeito, ela também, pois passa boa parte do caminho em silêncio ao meu lado. Depois de vários minutos, sinto seu olhar fixo em mim.

— Odeio o fato de eu ter traído você.

Ela aumenta o volume do rádio logo em seguida e se acomoda no banco. Não espera uma resposta minha, mas, se eu fizesse isso, diria que está tudo bem. Que a perdoo. Porque a garota sentada ao meu lado nesse momento não parece com aquela que me traiu no passado.

Em nenhum momento ela me pergunta para onde estamos indo. Eu sequer sei para onde estamos indo. Apenas dirijo, porque parece que só quando faço isso minha mente se acalma. Não faço ideia de quanto tempo passamos no carro, mas o sol finalmente está se pondo quando decido retornar. Passamos o tempo inteiro imersos em nossos pensamentos, o que é irônico no caso de duas pessoas sem lembranças.

— Precisamos vasculhar nossos celulares — digo a ela. É a primeira coisa que algum de nós fala em mais de uma hora.

— Conferir mensagens antigas, e-mails, caixa postal. Talvez a gente encontre alguma coisa que explique tudo isso.

Ela pega seu celular.

— Tentei fazer isso mais cedo, mas o meu não é tão bom quanto o seu. Só recebo mensagens de texto, e quase não tem nenhuma.

Entro com o carro num posto de gasolina e estaciono no lado mais escuro. Não sei por que acho que precisamos de privacidade para fazer isso. Só não quero que ninguém se aproxime caso nos reconheça, porque é bem provável que a gente não identifique ninguém.

Desligo o carro, e nós dois começamos a rolar a tela dos celulares. Parto das mensagens de texto que nós dois trocamos. Passo por várias, mas todas são breves e diretas. Compromissos, horários de encontros. *Amo você* e *saudade*. Nada que revele coisa alguma sobre o nosso namoro.

Com base no meu histórico de chamadas, nós sempre passamos pelo menos uma hora conversando à noite. Analiso todas as ligações registradas no meu celular, que vão bem além de duas semanas atrás.

— A gente ficava pelo menos uma hora no telefone todas as noites — conto a ela.

— Sério? — pergunta, genuinamente chocada. — Quanto assunto a gente tinha para ficar conversando por mais de uma hora toda noite, não?

Sorrio.

— Talvez a gente não ficasse *conversando* tanto.

Ela balança a cabeça, rindo baixinho.

— Por que suas piadas sexuais não me surpreendem, apesar de eu não saber absolutamente nada sobre você?

Seu risinho vira um gemido.

— Meu Deus — diz ela, inclinando o celular para mim. — Olhe só isso. — Ela vai passando as fotos do celular com o dedo. — Selfies. Só tem selfies aqui, Silas. Tirei selfies até no *banheiro*. — Ela fecha o aplicativo da câmera. — Pode me matar agora.

Rio e abro a câmera do meu celular. A primeira foto que aparece é de nós dois. Estamos na frente de um lago, tirando uma selfie, claro. Mostro para ela, que resmunga ainda mais alto, encostando dramaticamente a cabeça no painel.

— Estou começando a não gostar da gente, Silas. Você é um garoto rico que trata a empregada supermal. E eu sou uma adolescente má, sem nenhuma personalidade, que tira selfies para se sentir importante.

— Tenho certeza de que não somos tão ruins assim. Pelo menos a gente parece gostar *um do outro*.

Ela ri baixinho.

— Eu estava traindo você. Pelo jeito a gente não era tão feliz.

Abro meu e-mail no celular e encontro um arquivo de vídeo intitulado "Não deletar". Clico nele.

— Veja só isso aqui.

Ergo o apoio de braço e me aproximo para que ela consiga assistir ao vídeo. Aumento o volume do som do carro para conseguirmos escutar o vídeo pelo Bluetooth. Ela levanta seu apoio de braço e chega mais perto para ver melhor.

Aperto play. Minha voz soa pelo alto-falante do carro, deixando claro que sou quem segura a câmera. Está escuro, e parece que estou ao ar livre.

— *É oficialmente nosso aniversário de dois anos* — falo baixo, como se não quisesse que me vissem fazendo o que quer que eu esteja fazendo. Viro a câmera, que está com a luz acesa, para mim mesmo, iluminando meu rosto. Pareço mais novo, talvez um ou dois anos. Acho que eu tinha 16 anos, pois acabei de comentar que era nosso aniversário de dois anos. Parece que estou me aproximando sorrateiramente de uma janela.

— *Estou prestes a acordar você para desejar feliz aniversário, mas é quase uma da madrugada e nós dois temos aula amanhã, por isso estou filmando caso seu pai me mate.*

Viro a câmera de novo, focando-a numa janela. Fica escuro, mas dá para escutar a janela sendo erguida e o barulho que faço ao entrar com dificuldade. Já dentro do quarto, direciono a câmera para a cama de Charlie. Tem um volume debaixo das cobertas, mas ela não se mexe. Percorro o resto do quarto com a câmera. A primeira coisa que percebo é que o quarto não parece do tipo que existiria na casa que Charlie mora hoje.

— Esse não é meu quarto — afirma ela, prestando mais atenção no vídeo do celular. — Meu quarto nem tem metade desse tamanho. E divido com a minha irmã.

O quarto retratado no vídeo não parece mesmo ser dividido entre duas pessoas, mas não dá para ver tão bem porque a câmera aponta de novo para a cama. O volume debaixo das cobertas se mexe, e, por aquele ângulo, parece que estou engatinhando na cama.

— *Charlie, linda* — sussurro para ela.

Ela puxa as cobertas por cima da cabeça, mas protege os olhos da luz da câmera.

— *Silas?* — murmura.

A câmera continua apontada para ela num ângulo estranho, como se eu tivesse esquecido que a estava segurando. Escutamos barulhos de beijos. Devo estar beijando seu braço ou seu pescoço.

Só o som dos meus lábios na sua pele já é razão suficiente para desligar o vídeo. Não quero deixar Charlie constrangida, mas ela está tão focada no celular quanto eu. E não é por causa do que está acontecendo entre a gente, mas porque não nos *lembramos*. Sou eu... é ela... somos nós dois juntos. Mas não me lembro de absolutamente nada desse encontro, então parece que estamos vendo dois completos desconhecidos compartilhando um momento íntimo.

Eu me sinto um *voyeur*.

— *Feliz aniversário* — sussurro para ela.

A câmera afasta-se, e parece que eu a deixei no travesseiro ao lado da cabeça de Charlie. Então só dá para enxergar o rosto dela de perfil, e sua cabeça no travesseiro.

Não é o melhor ângulo, mas é o suficiente para percebermos que ela parece exatamente igual. Seu cabelo escuro está esparramado no travesseiro. Ela olha para cima, e presumo que estou em cima dela, mas não consigo me ver no vídeo. Só vejo um sorriso se formando em sua boca.

— *Você é tão rebelde* — murmura ela. — *Não acredito que entrou aqui escondido para me dizer isso.*

— *Não entrei escondido para dizer isso* — retruco baixinho.
— *Entrei escondido para fazer* isso.

Meu rosto finalmente aparece no vídeo, e meus lábios encostam com delicadeza nos dela.

Charlie se remexe no banco ao meu lado. Engulo o nó na minha garganta. De repente queria estar vendo isso sozinho. Eu repetiria a parte do beijo várias e várias vezes.

Fico tenso e percebo que é porque estou com ciúmes do rapaz no vídeo, o que não faz o menor sentido. Parece que estou vendo um desconhecido a agarrando, apesar de ser eu. Aqueles são os meus lábios nos dela, mas estou irritado porque não lembro como é sentir isso.

Eu me pergunto se devo ou não parar o vídeo, especialmente porque o beijo parece estar se transformando em mais do que apenas um beijo. Minha mão, antes em sua bochecha, desapareceu. Pelos sons que saem da boca de Charlie no vídeo, ela parece saber exatamente onde minha mão está.

Ela afasta a boca da minha, olha para a câmera, e, logo em seguida, sua mão aparece na frente da lente, virando-a para baixo na cama. A tela fica escura, mas os barulhos continuam sendo gravados.

— *A luz estava me cegando* — murmura ela.

Meu dedo está bem perto do botão de pausa no celular. Eu devia apertá-lo, mas sinto o calor da sua respiração saindo da boca, flertando com a pele do meu pescoço. Com isso e os sons vindo dos alto-falantes, não quero que o vídeo acabe nunca.

— *Silas* — sussurra ela.

Nós dois continuamos encarando a tela, apesar de estar totalmente escuro desde que ela virou a câmera para baixo. Não há nada para ver, mas não conseguimos desviar o olhar.

O som das nossas vozes soa ao nosso redor, preenchendo o carro, preenchendo nós dois.

— *Nunca jamais, Charlie* — sussurro.

Um gemido.

— *Nunca jamais* — repete ela em resposta.

Um suspiro.

Mais um gemido.

Tecidos roçando.

O ruído de um zíper.

— *Amo tanto você, Charlie.*

Barulhos de corpos se movendo na cama.

Respirações ofegantes. Muitas. Elas saem dos alto-falantes ao nosso redor e também das nossas bocas enquanto estamos sentados aqui, escutando aquilo.

— *Meu Deus... Silas.*

Respiram forte duas vezes.

Beijos desesperados.

Uma buzina soa acima dos sons que saem dos meus alto-falantes.

Eu me atrapalho com o celular nas mãos, que acaba caindo no chão. Tem um farol iluminando meu carro. De repente, punhos batem na janela de Charlie, e, antes que eu consiga pegar o celular do chão, a porta dela está sendo escancarada.

— *É incrível sentir você, Charlie* — estronda minha voz pelo alto-falante.

Uma gargalhada alta escapa da boca da garota que está segurando a porta de Charlie. Ela se sentou na mesma mesa que a gente hoje na hora do almoço, mas não me lembro do seu nome.

— Meu Deus! — exclama ela, empurrando o ombro de Charlie. — Vocês estão vendo um vídeo pornô? — Ela vira-se e grita para o carro que ainda está com o farol direcionado para nossas janelas. — Char e Si estão assistindo a um vídeo pornô! A garota ainda está rindo quando pego finalmente meu celular de volta e pauso. Abaixo o volume do rádio do carro. Charlie se vira da menina para mim, os olhos arregalados.

— A gente já estava indo embora — digo para a garota. — Charlie tem que voltar pra casa.

A menina ri, discordando com a cabeça.

— Ah, fala sério — diz ela, olhando para Charlie. — Sua mãe deve estar tão bêbada que acha que você já está dormindo. Venham com a gente, estamos indo para a casa de Andrew.

Charlie sorri, assentindo.

— Não posso, Annika. A gente se vê no colégio amanhã, tá?

Annika parece bastante ofendida. Ela ri desdenhosamente enquanto Charlie tenta fechar a porta, embora a garota esteja no meio do caminho. Ela se afasta, e Charlie bate e tranca a porta.

— Dirija — ordena ela.

É o que faço. Com alegria.

Estamos a mais de um quilômetro e meio de distância do posto quando Charlie pigarreia. Não adianta muito, pois sua voz sai um sussurro rouco.

— Você devia apagar aquele vídeo.

Não gosto da sua sugestão. Eu já estava planejando revê-lo essa noite quando chegasse em casa.

— Pode ter alguma pista nele — digo para ela. — Acho que eu devia ver outra vez. Escutar para ver como acaba.

Ela sorri, e no mesmo instante meu celular indica que chegou uma mensagem. Viro-o e vejo um aviso no topo da tela, mandado por "Pai". Abro a mensagem.

Pai: Venha para casa. Sozinho, por favor.

Mostro para Charlie, que assente.

— Pode me deixar em casa.

O resto do caminho é um pouco constrangedor. Sinto que o vídeo que acabamos de assistir nos fez enxergar as coisas de maneira diferente. Não de uma maneira necessariamente ruim, apenas diferente. Antes, quando eu olhava para ela, só enxergava a garota que estava passando por esse fenômeno estranho comigo. Agora, quando olho para ela, enxergo a garota com quem eu deveria fazer amor. A garota com quem eu aparentemente fiz amor por um tempo. A garota que pelo visto eu *ainda* amo. Só queria conseguir me lembrar de como é sentir tudo isso.

Depois de testemunhar a conexão óbvia que existia entre nós, fico ainda mais confuso quando lembro que ela se envolveu com aquele tal de Brian. Ao pensar nele, fico com bem mais raiva e ciúmes do que antes de nos ver juntos no vídeo.

Quando paramos na frente da casa dela, Charlie não sai imediatamente. Fica encarando a casa escura diante de nós. Uma luz fraca está acesa na janela da frente, mas não há nenhum sinal de movimento ali dentro.

— Vou tentar conversar com minha irmã essa noite. Talvez eu descubra mais sobre o que aconteceu ontem à noite quando cheguei em casa.

— Provavelmente é uma boa ideia — digo. — Vou fazer o mesmo com meu irmão. Quem sabe também não descubro o nome dele?

Ela ri.

— Quer que eu venha buscar você para o colégio amanhã?

Ela faz que sim.

— Se não se incomodar.

— Não me incomodo.

Ficamos em silêncio de novo, o que me faz lembrar dos barulhos suaves que ela fazia no vídeo que ainda está no meu celular, graças a Deus. Vou passar a noite inteira escutando sua voz na minha cabeça. Estou até ansioso para isso, na verdade.

— Sabe — diz ela, tamborilando os dedos na porta. — A gente pode acordar amanhã totalmente bem. Podemos até esquecer que hoje aconteceu, e tudo vai voltar ao normal.

Podemos até torcer para isso, mas meus instintos me dizem que não vai acontecer. Vamos acordar amanhã tão confusos quanto estamos neste exato momento.

— Acho difícil — digo. — Vou ver o resto dos meus e-mails e mensagens agora à noite. Você devia fazer o mesmo.

Ela concorda, finalmente virando a cabeça para fazer contato visual comigo.

— Boa noite, Silas.

— Boa noite, Charlie. Ligue para mim se...

— Vou ficar bem — diz ela rapidamente, me interrompendo. — A gente se vê de manhã.

Ela sai do carro e começa a andar até em casa. Quero gritar para chamá-la, dizer para ela esperar. Quero saber se ela está se perguntando a mesma coisa que eu: *O que significa Nunca Jamais?*

7

Charlie

Na minha opinião, se é para trair, tem que ser com alguém por quem vale a pena pecar. Não sei se esse é um pensamento da antiga ou da nova Charlie. Ou talvez, como estou observando a vida de Charlie Wynwood de fora, eu consiga pensar na traição dela com distanciamento, em vez de julgá-la. Tudo que sei é que, se alguém vai trair Silas Nash, acho melhor que seja com Ryan Gosling.

Eu me viro para olhar na sua direção antes de ele ir embora. Vejo seu perfil de relance, com a fraca luz do poste atrás do carro iluminando seu rosto. A ponte do seu nariz não é reta. No colégio, os outros garotos tinham narizes bonitos, ou narizes grandes demais para o rosto. Ou, pior ainda, narizes cheios de acne. Silas tem nariz de adulto. O que faz com que ele seja levado mais a sério.

Eu me volto para casa. Meu estômago não parece muito bem. Não vejo ninguém quando abro a porta e olho ao redor. Parece que sou uma intrusa invadindo a casa de alguém.

— Olá! — chamo. — Tem alguém aqui?

Fecho a porta silenciosamente atrás de mim e entro na sala na ponta dos pés.

Dou um pulo pra trás.

A mãe de Charlie está no sofá vendo Seinfeld no mudo e comendo feijão-carioca direto da lata. De repente, me dou conta de que tudo que comi hoje foi o queijo-quente que dividi com Silas.

— Está com fome? — pergunto, com certa cautela. Não sei se ela está com raiva de mim ou se vai chorar de novo. — Quer que eu prepare alguma coisa para a gente comer?

Ela se inclina para a frente sem olhar para mim, e põe a lata de feijão em cima da mesa de centro. Dou um passo para perto dela e me obrigo a dizer a palavra:

— Mãe?

— Ela não vai responder.

Eu me viro e vejo Janette entrando na cozinha, com um pacote de Doritos na mão.

— Foi isso que você jantou?

Ela dá de ombros.

— Você tem o quê, 14 anos?

— E você é o quê, retardada? — retruca ela, e confirma: — Sim, tenho 14 anos.

Pego o Doritos da mão dela e o levo até onde minha mãe bêbada está encarando a tela da TV.

— Garotas de 14 anos não devem jantar biscoito — digo, largando o pacote no colo dela. — Fique sóbria e aja como mãe.

Nenhuma resposta.

Vou até a geladeira, mas tudo o que tem lá dentro é uma dúzia de latas de Coca Diet e um vidro de picles.

— Pegue seu casaco, Janette — digo, lançando um olhar fulminante para a minha mãe. — Vamos providenciar seu jantar.

Janette me olha como se eu estivesse falando mandarim. Penso que preciso dizer algo grosseiro para manter as aparências.

— Vá logo, sua pentelha!

Ela volta apressadamente para nosso quarto enquanto procuro a chave do carro pela casa. Que tipo de vida eu estava levando? E quem era aquela criatura no sofá? Tenho certeza de que ela não foi sempre assim. Olho para a parte de trás da sua cabeça e repentinamente sinto compaixão. O marido dela — *meu pai* — está na prisão. *Na prisão!* Isso é sério. Onde é que estamos conseguindo dinheiro para sobreviver?

Por falar em dinheiro, confiro minha carteira. Os 28 dólares ainda estão lá dentro. Deve ser suficiente para comprar para nós duas algo que não seja Doritos.

Janette sai do quarto vestindo um casaco verde no mesmo instante em que encontro as chaves. Essa cor combina com ela, a deixa com menos aparência de adolescente angustiada.

— Está pronta? — pergunto.

Ela revira os olhos.

— Está bem, mamãezinha querida. A gente vai tirar a barriga da miséria! — aviso antes de fechar a porta, mais para ver se ela tentaria me impedir.

Deixo Janette ir na frente até a garagem, imaginando que tipo de carro nós temos. Não será uma Land Rover, com certeza.

— Ih, caramba! — exclamo. — Isso aí funciona? — Ela me ignora, colocando os fones de ouvido enquanto observo o carro. É um Oldsmobile bem velho. Mais velho do que eu. Cheira a cigarro e idosos. Janette entra no lado do carona sem dizer nada, e fica encarando a janela. — Então vamos lá, sua tagarela — digo. — Vamos ver quantos quarteirões a gente consegue percorrer antes que isso aqui quebre.

Tenho um plano. A nota fiscal que encontrei com a data da última sexta-feira é do The Electric Crush Diner, que fica no French Quarter. Mas essa lata velha não tem GPS. Vou ter que encontrar o lugar sozinha.

Janette está em silêncio assim que a gente sai da entrada de casa. Fica desenhando padrões na janela com a ponta do dedo, embaçando o vidro com seu hálito. Eu a observo pelo canto do olho. Coitada. A mãe é alcoólatra e o pai está preso... é bem triste. Ela também me odeia. O que praticamente a deixa sozinha no mundo. Percebo, com surpresa, que Charlie também está na mesma situação. Mas talvez ela tenha Silas — ou *tinha*, antes de traí-lo com Brian. *Argh*. Dou de ombros para me livrar de todos esses sentimentos. Odeio essas pessoas. São tão irritantes. Mas gosto um pouco de Silas.

Um pouco.

*

O The Electric Crush Diner fica na North Rampart Street. Encontro uma vaga numa esquina lotada e preciso fazer baliza entre uma caminhonete e um MINI Cooper. *Charlie faz baliza muito bem*, penso cheia de orgulho. Janette sai do carro depois de mim e fica parada na calçada, parecendo perdida. O restaurante é do outro lado da rua. Tento dar uma olhada pelas janelas, mas a maioria é escura. O nome *The Electric Crush* pisca em rosa-neon em cima da porta.

— Vamos — digo. Estendo a mão para ela, que se afasta. — Janette! Vamos!

Ando até ela fazendo o que só pode ser um movimento agressivo de Charlie e agarro sua mão. Ela tenta se soltar de mim, mas a seguro com firmeza, arrastando-a pela rua.

— Me! Solte!

Assim que chegamos do outro lado, me viro para encará-la.

— Qual é o seu problema? Para de se comportar como uma... — *Menina de 14 anos*, completo a frase na minha cabeça.

— Como o quê? — pergunta ela. — E por que sequer se importa com meu comportamento?

Seu lábio inferior está formando um beicinho, como se ela estivesse prestes a cair no choro. De repente fico muito arrependida por ter sido tão dura com ela. Ela é só uma garotinha com peitos pequenos e um cérebro perturbado pelos hormônios.

— Você é minha irmã — digo, com delicadeza. — Está na hora de nós duas nos unirmos, não acha?

Por um instante, fico pensando que Janette vai dizer alguma coisa, talvez algo carinhoso, simpático e fraterno, mas ela sai andando furiosa na minha frente até o restaurante e escancara a porta. *Caramba*. Ela é difícil. Entro depois dela — um pouco timidamente — e fico paralisada na mesma hora.

Não é nada como eu imaginava. Não é um restaurante de verdade, está mais para uma boate com cabines perto das paredes. No meio do ambiente há algo parecido com uma pista de dança. Janette está parada perto do balcão, olhando ao redor, confusa.

— Você vem muito aqui? — questiona ela.

Olho das cabines de couro preto para o piso de mármore escuro. É tudo preto, com exceção dos letreiros rosa-shocking nas paredes. É mórbido e infantil.

— Posso ajudá-las? — pergunta um homem saindo de uma porta na outra extremidade do balcão, carregando várias caixas nos braços.

Ele é jovem, deve ter 20 e poucos anos. Gosto dele imediatamente só porque está vestindo um colete preto por cima da camisa rosa. *Charlie deve gostar de rosa.*

Estamos com fome — digo.

Ele dá um sorriso torto e indica com a cabeça uma cabine.

— A cozinha normalmente só abre daqui a uma hora, mas vou ver o que ele posso fazer por vocês se quiserem se sentar.

Assinto e vou direto para a cabine, puxando Janette junto de mim.

— Eu vim aqui — começo a dizer a ela. — No último fim de semana.

— Ah. — É tudo o que ela diz antes de observar as próprias unhas.

Alguns minutos depois, o rapaz de camisa rosa sai lá dos fundos assobiando. Ele se aproxima e apoia as mãos na mesa.

— Charlie, não é? — pergunta ele.

Concordo com a cabeça sem dizer nada. *Como é que ele...? Quantas vezes eu...?*

— A cozinha estava preparando um frango assado para mim. O que acham de eu dividir com vocês? Só vamos ter movimento daqui a algumas horas mesmo.

Concordo de novo.

— Ótimo. — Ele bate na mesa com a palma da mão, e Janette se sobressalta. Ele aponta para ela. — Coca? Sprite? Coquetel sem álcool?

Ela revira os olhos.

— Coca Diet — responde.

— E você, Charlie?

Não gosto de como ele diz meu nome. Parece... íntimo demais.

— Coca — respondo rapidamente.

Depois que ele vai embora, Janette se inclina para a frente com as sobrancelhas franzidas.

— Você sempre pede diet — comenta ela, acusatoriamente.

— É? Bom, não estou me sentindo muito normal.

Ela faz um pequeno barulho que vem do fundo da garganta.

— Não brinca — diz ela.

Ignoro-a e tento dar uma olhada melhor no lugar. O que Silas e eu viemos fazer aqui? Será que a gente vinha com frequência? Passo a língua nos lábios.

— Janette — chamo. — Já falei desse lugar pra você?

Ela parece surpresa.

— Durante as várias conversas íntimas que tivemos quando apagamos a luz à noite?

— Tá bom, tá bom, já entendi. Sou uma péssima irmã. Caramba. Deixa isso pra lá. Estou estendendo um ramo de oliveira pra você.

Janette enruga o nariz.

— O que isso significa?

Suspiro.

— Estou tentando compensar o passado. Um novo começo.

Logo depois, o rapaz de camisa rosa traz nossas bebidas. Ele trouxe um coquetel sem álcool para Janette, embora ela tenha pedido Coca Diet. Ela fica desapontada.

— Ela queria uma Coca Diet — digo.

— Ela vai gostar disso aqui — retruca ele. — Quando eu era criança...

— Traga Coca Diet mesmo.

Ele ergue as mãos, se rendendo.

— Claro, princesa.

Janette olha para mim sob os cílios.

— Obrigada — diz ela.

— Não foi nada. Não dá para confiar num garoto que usa camisa rosa.

Ela dá um sorriso, e me sinto vitoriosa. Não acredito que achei que gostava daquele rapaz. Não acredito que gostava de Brian. O que tinha de errado comigo, afinal?

Pego o celular e vejo que Silas me mandou várias mensagens. *Silas*. Gosto dele. Tem algo reconfortante na sua voz tranquilizadora e no jeito educado. E seu nariz... ele tem um nariz lindo demais.

Silas: Meu pai...

Silas: Onde você está?

Silas: Olá?

O garoto volta com o frango e um prato de purê de batatas. É bastante comida.

— Qual é o seu nome mesmo? — pergunto.

— Você é mesmo uma vaca, Charlie — diz ele, colocando o prato na minha frente e olhando em seguida para Janette.

— Desculpe.

Ela dá de ombros.

— Qual *é* o seu nome? — pergunta ela, com a boca cheia de comida.

— Dover. É assim que meus amigos me chamam.

Assinto. *Dover*.

— Então, no último fim de semana... — começo a dizer.

Dover morde a isca.

— Pois é, foi uma loucura. Não imaginava que você fosse voltar logo aqui.

— Por quê? — pergunto.

Estou tentando ser casual, mas sinto meu estômago revirar.

— Bem, seu namorado ficou bem irritado. Achei que ele fosse dar uma surra naquele cara antes de ser expulso.

— Dar uma surra...? — Mudo o tom de voz para que deixe de ser uma pergunta. — Dar uma surra. Pois é. Aquilo foi...

— Você parecia fula da vida — continua Dover. — Não a culpo. Você teria gostado daqui se Silas não tivesse estragado as coisas.

Eu me recosto no banco, e de repente o frango deixa de parecer apetitoso.

— Pois é — digo, olhando para Janette, que observa nós dois com curiosidade. — Já terminou, pirralha? — pergunto.

Ela assente, limpando os dedos gordurosos num guardanapo. Tiro uma nota de 20 da bolsa e a coloco na mesa.

— Não precisa — diz Dover, gesticulando.

Eu me inclino até ficarmos com os olhos na mesma altura.

— Só meu namorado paga meu jantar — afirmo, deixando o dinheiro na mesa.

Vou até a porta, e Janette vem atrás de mim.

— Pois é! — exclama Dover. — Se seguir essa regra, vai poder comer de graça sete dias por semana!

Só paro quando alcançamos o carro. Aconteceu alguma coisa lá dentro. Algo que quase fez Silas perder a cabeça. Ligo o carro e Janette arrota alto. Nós duas começamos a rir juntas.

— Acabou essa história de jantar Doritos — digo a ela. — A gente pode aprender a cozinhar.

— Claro. — Ela dá de ombros. Ninguém cumpre o que promete a Janette. Ela tem um jeito um pouco amargurado. Não dizemos mais nada até chegarmos em casa, e, quando paro na garagem, ela salta do carro antes mesmo que eu desligue o motor.

— Também adorei passar um tempo com você — digo para ela.

Imagino que, quando eu entrar, a mãe de Charlie estará esperando por ela, talvez para dar uma bronca por a filha ter pegado o carro, mas, ao chegar em casa, noto que está tudo escuro, exceto a luz do quarto que divido com Janette. Minha mãe foi dormir. Ela não se importa. O que se encaixa perfeitamente na minha situação. Assim vou poder bisbilhotar por aí e tentar descobrir o que aconteceu comigo sem nenhuma pergunta ou regra, mas não consigo deixar de pensar em Janette, em como ela é apenas uma garotinha que precisa dos pais. Está tudo tão errado.

Janette está escutando música quando abro a porta.

— Ei — digo. Tenho uma ideia de repente. — Você viu meu iPod?

Gosto musical revela muito sobre uma pessoa. Não preciso ter memória alguma para saber disso.

— Não sei — responde ela. — Talvez esteja com o resto das suas porcarias lá no sótão.

Resto das minhas porcarias?

No sótão?

Então fico animada.

Talvez eu tenha mais que uma coberta sem graça e uma pilha de romances ruins. Quero perguntar que tipo de porcarias, e por que estão no sótão e não no nosso quarto, mas Janette colocou os fones de volta no ouvido e está fazendo o que pode para me ignorar.

Decido que é melhor subir até o sótão e conferir com os próprios olhos. *Mas... onde fica o sótão?*

8

Silas

A porta da minha casa se abre enquanto coloco o carro no ponto morto, e Ezra sai, esfregando as mãos nervosamente. Saio do carro e me aproximo dela, que está de olhos arregalados.

— Silas — diz ela, com a voz trêmula. — Achei que ele soubesse. Eu nem comentaria que Charlie esteve aqui, mas você não pareceu estar escondendo isso, então achei que as coisas tinham mudado e que ela podia vir pra cá...

Estendo a mão para impedi-la de continuar se desculpando sem necessidade.

— Está tudo bem, Ezra. De verdade.

Ela suspira e passa a mão no avental que ainda está usando. Não entendo seu nervosismo, ou por que pensou que eu ficaria zangado com ela. Sorrio mais do que o necessário para tranquilizá-la, mas, pelo visto, ela está precisando disso.

Ela assente e me segue para dentro. Paro na entrada, sem ter familiaridade suficiente com a casa para saber onde meu pai estaria nesse momento. Ezra passa por mim, murmurando "boa noite", e sobe a escada. Ela deve morar aqui.

— Silas.

A voz parece a minha, só que é mais desgastada. Eu me viro e fico frente a frente com o homem de todas as fotos de família que estão nas paredes. Mas ele não está com aquele sorriso brilhantemente falso.

Ele me olha dos pés à cabeça, como se só de ver o próprio filho o deixasse desapontado.

Ele se vira e passa por uma porta logo na entrada. Seu silêncio e a determinação dos seus passos exigem que eu o siga, então é o que faço. Entramos no seu escritório, ele lentamente dá a volta na mesa e se senta. Inclina-se para a frente e depois cruza os braços sobre o mogno.

— Quer se explicar?

Eu me sinto tentado a fazer isso. De verdade. Quero contar que nem imagino quem ele é, nem por que está bravo, que sequer faço ideia de quem *eu* sou.

Provavelmente eu devia me sentir nervoso ou intimidado por ele. Tenho certeza de que é assim que o Silas de ontem teria ficado, mas é difícil se ser intimidado por alguém que desconheço completamente. Até onde sei, ele não tem nenhum poder sobre mim, e poder é o principal ingrediente da intimidação.

— Quero explicar o quê? — pergunto.

Olho para uma prateleira de livros na parede atrás dele. Parecem ser clássicos. Colecionáveis. Será que ele leu algum desses livros, ou é apenas mais um ingrediente para intimidar os outros?

— Silas! — A voz dele é tão grave e cortante que parece que a ponta de uma faca perfurou meus ouvidos. Coloco a mão na lateral do pescoço e aperto antes de olhar para ele mais uma vez. Ele fita a cadeira do outro lado da mesa, ordenando silenciosamente que eu me sente.

Tenho a impressão de que o Silas de ontem diria "sim, senhor" neste exato instante.

O Silas de hoje sorri e anda devagar até a cadeira.

— Por que ela entrou nessa casa hoje?

Ele está se referindo a Charlie como se ela fosse um veneno. Está se referindo a ela da mesma maneira que a mãe dela se referiu a mim. Olho para o braço da cadeira e fico remexendo um pedaço do couro desgastado.

— Ela não estava se sentindo muito bem no colégio. Precisava de uma carona pra casa, e nós fizemos um rápido desvio.

O homem... *meu pai...* se encosta na cadeira. Ele leva a mão até o queixo e o esfrega.

Cinco segundos se passam.

Dez segundos se passam.

Quinze.

Por fim, ele se inclina para a frente outra vez.

— Está namorando com ela de novo?

É uma pegadinha? Parece.

Se eu disser sim, com certeza vai deixá-lo furioso. Se eu disser não, vai parecer que estou deixando ele ganhar. Não sei o motivo, mas não quero nem um pouco que esse homem ganhe. Ele parece estar acostumado a isso.

— E se eu estiver?

Sua mão não está mais esfregando o queixo porque começou a se mover por cima da mesa e, depois, cerra-se em punho na gola da minha camisa. Ele me puxa perto de si no instante em que minhas mãos agarram os cantos da mesa para criar resistência. Agora estamos olho a olho, e acho que ele está prestes a me bater. Será que esse tipo de interação com meu pai é comum? Em vez de me bater, o que sei que quer fazer, ele soca o meu peito e me solta. Caio sentado na cadeira, mas só continuo ali por um segundo. Eu me levanto num impulso e recuo alguns passos.

Eu provavelmente teria batido nesse babaca, mas ainda não o odeio o suficiente para fazer isso. Também não gosto dele o bastante a ponto de ser afetado por sua reação. Mas é algo que me confunde.

Ele pega um peso de papel e o joga do outro lado do escritório, felizmente não na minha direção. O objeto atinge uma prateleira de madeira e derruba no chão o que estava em cima dela. Alguns livros. Um porta-retratos. Uma pedra.

Fico parado e o observo andar de um lado para outro, com gotas de suor pingando da testa. Não entendo como ele pode estar tão chateado por Charlie ter vindo aqui hoje. Ainda mais considerando que Ezra disse que nós dois crescemos juntos.

Ele espalmou as mãos na mesa. Está respirando pesadamente, as narinas largas, como as de um touro feroz. Fico esperando seus pés levantarem poeira a qualquer segundo.

— Nós dois temos um acordo, Silas. Eu e você. Não o pressionaria a testemunhar se me jurasse que nunca mais veria a filha daquele homem. — Uma de suas mãos se agita na direção de um armário trancado, enquanto a outra passa pelo que sobrou do seu cabelo. — Sei que não acha que ela pegou aqueles arquivos no escritório, mas eu sei que foi ela! E só deixei isso de lado porque você me *jurou* que não teríamos que lidar com aquela família outra vez. E aqui está você... — Ele estremece. *Literalmente* estremece. — Trazendo ela pra essa casa como se os últimos 12 meses não tivessem acontecido! — Suas mãos agitam-se de frustração mais uma vez, o rosto contorcendo-se com as expressões que faz. — O pai daquela garota quase *arruinou* essa família, Silas! Isso não significa absolutamente nada pra você?

Na verdade, não, é o que quero dizer.

Faço uma anotação mental de que nunca quero ficar tão bravo assim. Os membros da família Nash não ficam nem um pouco atraentes desse jeito.

Fico procurando alguma emoção parecida com remorso para que ele a veja no meu rosto. Mas é difícil, pois só sinto curiosidade.

A porta do escritório se abre, e nós dois voltamos a atenção para quem quer que esteja entrando.

— Landon, essa discussão não envolve você — diz meu pai, com a voz suave.

Eu me viro rapidamente para o meu pai mais uma vez, só para ter certeza de que as palavras de fato saíram da sua boca e não da de outra pessoa. É quase a voz de um pai afetuoso, e não do monstro que acabei de testemunhar.

Landon — *que bom finalmente descobrir o nome do meu irmão mais novo* — olha para mim.

— O técnico está ao telefone querendo falar com você, Silas.

Olho de volta para o meu pai, que está de costas para mim. Presumo que isso significa que nossa conversa chegou ao fim. Vou até a porta, saio alegremente do escritório, e Landon vem logo atrás.

— Cadê o telefone? — pergunto, quando chego na escada.

Mas é uma pergunta válida. Como vou saber se ligaram para algum celular ou para o telefone de casa?

Landon ri e passa por mim.

— Ele não ligou. Eu só estava tirando você de lá.

Meu irmão continua subindo a escada, e fico observando ele chegar no topo e virar à esquerda, desaparecendo no corredor. *Ele é um bom irmão*, penso. Vou até o que presumo ser o quarto dele e bato de leve na porta. Está entreaberta, então a empurro.

— Landon?

Abro completamente a porta e o encontro sentado a uma mesa. Ele olha rapidamente por cima do ombro e depois volta a prestar atenção no computador

— Valeu — digo, entrando no quarto.

Será que irmãos agradecem um ao outro? Provavelmente não. Eu devia ter dito algo tipo "demorou, né, seu babaca."

Landon se vira na cadeira e inclina a cabeça. Confusão e admiração surgem misturadas em seu sorriso.

— Não sei o que deu em você. Não está indo ao treino, e isso nunca aconteceu. Age como se nem ligasse que Charlie estava transando com Brian Finley. E ainda tem coragem de trazê-la *aqui*? Depois de toda aquela merda pela qual papai e Brett passaram? — Ele balança a cabeça. — Fico surpreso por você ter saído do escritório dele sem que rolasse nenhum banho de sangue.

Ele se volta e me deixa assimilar tudo. Eu me viro e sigo depressa para o meu quarto.

Brett Wynwood, Brett Wynwood, Brett Wynwood.

Repito na minha cabeça o nome dele para saber exatamente o que procurar quando pegar meu computador. *Com certeza tenho um computador.*

Ao chegar ao quarto, a primeira coisa que faço é ir até a cômoda. Pego a caneta que Charlie me entregou mais cedo e releio as palavras em relevo.

GRUPO FINANCEIRO WYNWOOD-NASH

Procuro pelo quarto até finalmente encontrar um laptop na gaveta da minha mesa de cabeceira. Ligo e digito a senha.

Eu lembro a senha? Mais uma coisa para a lista de *porcarias que não fazem nenhum sentido.*

Digito *Grupo Financeiro Wynwood-Nash* na ferramenta de busca. Clico no primeiro resultado e sou levado a uma página que diz: "Finanças Nash", com o nome *Wynwood* perceptivelmente ausente. Rolo depressa a página, mas não encontro nada que me ajude. Apenas um monte de informações inúteis sobre os contatos da empresa.

Saio do site e analiso os outros resultados, lendo cada uma das chamadas e os artigos que aparecem depois:

> *Gurus das finanças, Clark Nash e Brett Wynwood, cofundadores do Grupo Financeiro Wynwood-Nash, enfrentam quatro acusações de conspiração, fraude e negociação ilegal.*

> *Sócios há mais de vinte anos, os magnatas dos negócios estão culpando um ao outro, e ambos alegam que não tinham conhecimento das práticas ilegais descobertas durante investigação recente.*

Leio outro.

> *Clark Nash considerado inocente. Brett Wynwood, copresidente da empresa, condenado a 15 anos por fraude e desvio de fundos.*

Vou para a segunda página de resultados da pesquisa, e a bateria do computador começa a piscar. Abro a gaveta, mas não encontro o carregador. Procuro por todo canto. Debaixo da cama, no armário, nas gavetas da cômoda.

A bateria acaba durante a minha busca. Começo a usar o celular para a pesquisa, mas a bateria também está quase acabando e o único carregador que encontro precisa ser ligado no computador. Continuo procurando porque preciso saber exatamente o que aconteceu para essas duas famílias passarem a se odiar tanto.

Levanto o colchão, achando que talvez o carregador possa, de algum jeito, ter ficado preso atrás da cama. Não encontro o carregador, mas acho o que parece ser um caderno. Pego-o debaixo do colchão e me sento na cama. Assim que abro a primeira página, meu celular vibra com uma mensagem nova.

Charlie: Como estão as coisas com seu pai?

Quero descobrir mais antes de decidir o que compartilhar com ela. Ignoro a mensagem e abro o caderno, encontrando uma pilha de papéis enfiados numa pasta. Na parte de cima de todos os papéis está escrito "Grupo Financeiro Wynwood-Nash", mas não consigo entender nenhum deles. Também não compreendo por que estavam escondidos debaixo do meu colchão.

Relembro as palavras que Clark Nash me disse lá embaixo: *Sei que não acha que ela pegou aqueles arquivos no escritório, Silas, mas sei que foi ela.*

Parece que ele estava errado, mas por que *eu* pegaria os arquivos? Para que eu precisaria deles?

Quem eu estava tentando proteger?

Meu telefone vibra novamente ao receber mais uma mensagem.

Charlie: Tem uma coisa bem legal no celular que diz quando alguém lê a mensagem. Se vai ignorar, é melhor desativar essa opção. ;)

Pelo menos ela colocou uma carinha feliz.

Eu: Não estou ignorando. Só estou cansado. Temos muita coisa para entender amanhã.

Charlie: Pois é

Isso é tudo o que ela diz. Não sei ao certo se devo responder essa mensagem espontânea, mas não quero que ela fique irritada por eu *não* responder.

Eu: Boa noite, Charlie linda. ;)

Assim que aperto enviar, quero voltar atrás. Não sei qual era minha intenção ao dizer isso. Não era sarcasmo, mas também não queria dar em cima de ninguém.

Decido me arrepender amanhã. Agora só quero dormir para garantir que estarei acordado o suficiente de manhã a fim de lidar com tudo isso.

Enfio o caderno de volta debaixo do colchão e encontro um carregador de parede, então conecto meu celular. Estou cansado demais para continuar pesquisando essa noite, então tiro os sapatos. Só quando me deito percebo que Ezra trocou os lençóis.

Assim que desligo o abajur e fecho os olhos, meu celular vibra.

Charlie: Boa noite, Silas.

Não deixo de notar sua falta de carinho, mas, por alguma razão inexplicável, a mensagem me faz sorrir mesmo assim. Típico de Charlie.
Eu acho.

9

Charlie

Não é uma boa noite.

O alçapão do sótão fica no armário que divido com minha irmã. Depois de mandar a mensagem de boa noite para Silas, subo nas três prateleiras, que estão abarrotadas de tecidos, e empurro as pontas dos dedos para cima até ele se mover para a esquerda. Olho para trás por cima do ombro e noto que Janette não desviou os olhos do celular. Subir para o sótão e deixá-la para trás deve ser algo que faço com frequência. Quero convidá-la para vir comigo, mas já foi cansativo demais convencê-la a ir jantar. *Fica para a próxima*, penso. Vou descobrir como resolver as coisas entre nós duas.

Não sei por que, mas enquanto me ergo pelo buraco e entro num espaço ainda mais apertado, visualizo o rosto de Silas, sua pele bronzeada e macia. Seus lábios grossos. Beijei sua boca tantas vezes e mesmo assim não me lembro de um beijo sequer.

O ar está quente e abafado. Engatinho até uma pilha de travesseiros e me encosto nela, estendendo as pernas na

101

minha frente. Há uma lanterna em cima de uma pilha de livros. Eu a ligo e examino as lombadas: são histórias que conheço, mas que não me lembro de ter lido. Que estranho ser feita de carne, se equilibrar em ossos e ter uma alma que nunca conheci.

Pego um livro de cada vez e leio a primeira página. Quero saber quem ela é, quem *eu* sou. Depois que já vi toda a pilha, encontro um livro maior na base, encadernado com couro vermelho enrugado. De início, acho que encontrei um diário. Minhas mãos tremem ao abrir as páginas.

Mas não é um diário. É um álbum de recortes. Com cartas de Silas.

Sei porque ele assinou todas com um *S* curvo, que quase parece um raio. E sei que gosto da sua letra firme e diferente. No topo de cada bilhete tem uma foto presa por um clipe, presumidamente uma foto que Silas tirou. Leio um após o outro, estudando as palavras. Cartas de amor. Silas está apaixonado.

É lindo.

Ele gosta de imaginar uma vida comigo. Numa carta escrita atrás de uma sacola de papel pardo, ele detalha como vamos passar o Natal quando tivermos nossa própria casa: sidra de maçã misturada com bebida alcoólica perto da árvore de Natal, massa de cookie crua que nós dois comemos antes mesmo de botar para assar. Ele diz que quer fazer amor comigo à luz de velas para poder ver meu corpo iluminado só por elas. A foto presa no clipe é de uma pequena árvore de Natal que parece estar no quarto dele. Provavelmente a montamos juntos.

Encontro outro bilhete escrito atrás de uma nota fiscal, em que ele detalha o que sente quando está dentro de mim. Meu rosto esquenta enquanto leio aquilo várias vezes, curtindo a luxúria dele. A foto presa nesse bilhete mostra meu ombro nu. Suas fotos são bem fortes, assim como suas palavras. Elas me deixam sem fôlego, e não sei se a parte de mim de que não me lembro está apaixonada por ele. Sinto apenas curiosidade pelo garoto de cabelos escuros que olha para mim com tanta sinceridade. Deixo o bilhete de lado, com a impressão de estar bisbilhotando a vida de outra pessoa, e fecho o livro. Isso pertencia a Charlie. Não sou ela. Pego no sono cercada pelas palavras de Silas, com suas cartas e frases rodopiando pela minha cabeça até...

Uma garota se ajoelha na minha frente.

— Me escute — sussurra ela. — A gente não tem muito tempo...

Mas não a escuto. Eu a afasto, e então ela desaparece. Estou ao ar livre. Tem um fogo aceso numa lixeira velha de metal. Esfrego as mãos para me aquecer. Escuto um saxofone em algum lugar atrás de mim, mas o som se transforma num grito. Nesse momento saio correndo. Passo correndo pelo fogo na lixeira, mas agora ele está por todo canto, queimando os prédios da rua... Eu corro, me engasgando com a fumaça até avistar uma vitrine rosa que está sem fogo nem fumaça, apesar de tudo ao redor estar sendo consumido pelo incêndio. É uma loja com coisas estranhas. Abro a porta sem pensar porque é o único lugar seguro das chamas. Silas está me esperando lá dentro. Ele me acompanha em meio a ossos, livros e garrafas, e me leva até um cômodo nos fundos. Há uma mulher sentada num trono feito de espelho quebrado, me encarando com um fino sorriso. Os cacos de espelho refletem feixes parciais de luz que se agitam e dançam pelas paredes. Eu me viro para Silas, para perguntar onde estamos, mas ele desapareceu.

— Vá logo!

Acordo assustada. Janette está inclinada sobre o espaço do teto do armário, sacudindo meu pé.

— Precisa se levantar — diz ela. — Está quase chegando ao limite de faltas.

Ainda estou no sótão úmido e frio. Esfrego os olhos e desço as três prateleiras atrás dela, indo para o nosso quarto. Fico comovida por ela saber que não posso mais faltar, e por ter se importado a ponto de me acordar. Estou tremendo quando chego ao banheiro e ligo o chuveiro. O sonho continua na minha cabeça. Ainda consigo ver meu reflexo nos cacos quebrados do trono.

O fogo surge e desaparece da minha visão, de prontidão atrás das minhas pálpebras toda vez que pisco. Se eu me concentrar, consigo sentir o cheiro de cinzas mais forte que o do sabonete líquido que estou usando e que o do xampu enjoativamente doce que coloco na mão. Fecho os olhos e tento me lembrar das palavras de Silas... *Você está quente e molhada, e seu corpo me agarra como se não quisesse que eu me afastasse.*

Janette esmurra a porta.

— Está atrasada! — grita ela.

Eu me visto depressa e, quando estamos saindo de casa, cambaleando, percebo que nem sei como Janette acha que vamos para o colégio hoje. Ontem pedi para Silas vir me buscar.

— Amy já devia ter chegado — comenta Janette.

Ela cruza os braços por cima do peito e dá uma olhada na rua. É como se ela nem conseguisse olhar para mim. Pego o celular e mando uma mensagem para Silas, avisando que ele não precisa vir me buscar. Também dou uma olhada para ver se essa tal de Amy não me mandou nenhuma mensagem, e então uma pequena Mercedes prata aparece na esquina.

— Amy — digo.

Eu me pergunto se ela é uma das garotas com quem me sentei à mesa ontem. Mal reparei nos nomes e rostos. O carro para no meio-fio, e nós nos aproximamos. Janette vai para o banco de trás sem dizer nada, e, após pensar por alguns segundos, abro a porta do carona. Amy é negra. Fico encarando-a surpresa por um instante e depois entro no carro.

— Oi — diz ela, sem olhar para mim.

Fico contente com sua distração, pois assim posso observá-la por um tempo.

— Oi.

Ela é bonita. Seu cabelo, que é mais claro do que sua pele, está trançado até a cintura. Ela parece à vontade comigo, sem falar que está dando carona para minha irmã mal-humorada e para mim. Chego à conclusão de que devemos ser bem amigas.

— Que bom que está se sentindo melhor. Já decidiu o que vai fazer em relação a Silas? — pergunta ela.

— Eu... eu... é... Silas?

— Ahã — diz ela. — Foi o que pensei. Ainda não sabe. O que é uma pena, porque vocês formam um casal muito bom quando se esforçam.

Fico em silêncio até estarmos quase chegando ao colégio, tentando entender o que ela quer dizer.

— Amy — chamo. — Como você descreveria meu namoro com Silas para alguém que não nos conhece?

— Está vendo, esse é o seu problema — diz ela. — Você sempre quer fazer joguinhos.

Ela para na frente do colégio, e Janette sai do carro. Tudo parece automático.

— Tchau — digo, enquanto a porta se fecha. — Ela é tão emburrada — comento, virando-me para a frente de novo.

Amy faz uma careta.

— E você é a rainha da simpatia? Sério, não sei o que deu em você. Está mais surtada do que o normal.

Mordo os lábios enquanto entramos no estacionamento do colégio. Abro a porta antes mesmo de o carro parar.

— O que diabo foi isso, Charlie?

Não espero para escutar o que mais ela tem a dizer. Vou correndo para o colégio, com meus braços envolvendo fortemente o peito. Será que *todo mundo* me odiava? Abaixo a cabeça ao empurrar as portas. Preciso encontrar Silas. As pessoas estão me olhando enquanto ando pelo corredor. Não olho para a direita nem para a esquerda, mas sinto os olhares. Quando vou pegar o celular a fim de mandar uma mensagem para Silas, percebo que ele desapareceu. Cerro os punhos. Eu estava com o telefone nas mãos quando mandei a mensagem dizendo que não ia precisar de carona. Devo tê-lo deixado no carro de Amy.

Estou voltando para o estacionamento quando alguém me chama.

Brian.

Olho ao redor para ver quem está nos observando enquanto ele se aproxima. Seu olho ainda parece um pouco machucado no local em que lhe dei um soco. Gosto disso.

— O que foi? — pergunto.

— Você bateu em mim.

Ele para a alguns metros de distância, como se estivesse com medo de que eu fosse acertá-lo outra vez. De repente me sinto culpada. Não devia ter feito isso. Seja lá qual fosse meu joguinho antes de tudo acontecer, a culpa não era dele.

— Desculpe — digo. — Não ando muito normal. Eu não devia ter feito aquilo.

Parece que eu disse exatamente o que ele queria ouvir. Seu rosto relaxa, e ele passa a mão na nuca enquanto me observa.

— A gente pode ir para algum lugar mais isolado conversar?

Dou uma olhada no corredor lotado e balanço a cabeça.

— Não.

— Está bem — diz ele. — Então podemos fazer isso aqui mesmo.

Troco o peso de um pé para outro e olho por cima do ombro. Dependendo de quanto tempo ele demorar, talvez ainda dê tempo de encontrar Amy, pegar a chave do carro dela e...

— Ou Silas ou eu.

Volto a cabeça para a frente, olhando para ele.

— O quê?

— Eu amo você, Charlie.

Ai, meu Deus. Sinto meu corpo todo coçar. Dou um passo para trás, procurando alguém que possa me ajudar a sair dessa.

— Agora não é mesmo um bom momento pra mim, Brian. Preciso encontrar Amy e...

— Sei que vocês dois têm um passado juntos, mas faz tempo que você não é mais feliz com ele. Aquele cara é um babaca, Charlie. Você viu o que aconteceu com a menina camarão. Fico surpreso...

— Do que está falando?

Ele parece incomodado com a minha interrupção.

— Estou falando de Silas e...

— Não, isso da menina camarão.

Agora as pessoas estão parando para nos observar. Um bando de xeretas nos armários. Inúmeros olhares se fixam no meu rosto. Estou muito constrangida. Odeio isso.

— Ela.

Brian balança a cabeça para a esquerda bem na hora em que uma garota empurra as portas e passa por nós dois. Quando ela percebe que estou olhando, seu rosto cora, ficando da cor de um camarão. Eu a reconheço da aula de ontem. Era ela quem estava no chão, catando os livros. Ela é pequenina. Seu cabelo tem um tom feio de castanho-esverdeado, como se ela tivesse tentado tingi-lo sozinha e dado terrivelmente errado. Mas mesmo se ela não o tivesse pintado, o cabelo parece... triste. A franja desigual, pontuda, oleosa e escorrida. Ela tem várias espinhas na testa e um nariz achatado. Meu primeiro pensamento é *feia*. Porém, é mais um fato do que uma opinião. Ela afasta-se rapidamente antes que eu possa piscar, desaparecendo em meio à multidão de curiosos. Tenho a sensação de que ela não foi embora. Ela está aguardando bem atrás das costas deles, querendo escutar. Senti alguma coisa... quando vi o rosto dela, senti alguma coisa.

Minha cabeça está girando quando Brian estende o braço na minha direção. Deixo ele segurar meu cotovelo e me puxar para o seu peito.

— Ou eu ou Silas — repete. Ele está sendo corajoso, pois já o esmurrei uma vez por ter encostado em mim. Mas não estou pensando nele. Fico pensando na garota, na menina camarão, me perguntando se ela está lá no fundo, escondida atrás de todo mundo. — Preciso de uma resposta, Charlie.

Ele está me segurando tão perto que, quando olho para o seu rosto, consigo notar as sardas nos seus olhos.

— Então minha resposta é Silas — digo baixinho.

Ele fica paralisado. Sinto seu corpo enrijecer.

Silas

— Você vai aparecer no treino hoje? — pergunta Landon. Ele já está parado do lado de fora da minha porta, e nem me lembro de chegar ao estacionamento do colégio, muito menos de desligar o carro. Assinto com a cabeça, mas não consigo olhar em seus olhos. Estava tão imerso em meus pensamentos durante o caminho até aqui que nem considerei a possibilidade de tentar obter informações com ele.

Eu só conseguia pensar que não acordei com lembrança alguma. Estava esperando que Charlie tivesse razão, que a gente ia acordar e tudo voltaria ao normal. Mas não foi o que aconteceu.

Ou pelo menos *eu* não acordei com lembrança alguma. Não falo com Charlie desde ontem à noite, e a mensagem que ela mandou de manhã não revelava nada.

Nem abri a mensagem. Apareceu na tela bloqueada do meu celular, e li o suficiente da primeira frase para me dar conta de que não gostei do que estava sentindo. Logo comecei a imaginar quem iria buscá-la e se ela não via nenhum problema naquilo.

Meus instintos protetores entram em ação quando o assunto é ela, e não sei se sempre foi assim ou se porque é só com Charlie que consigo me identificar nesse momento.

Saio do carro, determinado a encontrá-la. Para ter certeza de que ela está bem, apesar de saber que é bem provável que sim. Não preciso descobrir mais nada a seu respeito para saber que ela não precisa realmente de mim. É extremamente independente.

O que não significa que não vou tentar mesmo assim.

Quando entro no colégio, percebo que não sei por onde começar a procurá-la. Nenhum de nós consegue lembrar quais são os nossos armários, e, considerando que isso aconteceu com nós dois durante a quarta aula de ontem, não fazemos ideia de onde são nossas primeiras, segundas e terceiras aulas.

Decido ir até a sala da administração pedir uma cópia dos meus horários. Espero que Charlie tenha pensado em fazer a mesma coisa, pois duvido que eles me entreguem o horário dela.

Não reconheço a secretária, mas ela sorri para mim com ar de entendida.

— Veio falar com a Srta. Ashley, Silas?

Srta. Ashley.

Começo a negar com a cabeça, mas ela já está apontando para a porta de um escritório aberto. Quem quer que seja a Srta. Ashley, devo visitá-la com frequência para que minha presença na administração seja considerada comum.

Antes que eu me aproxime da porta aberta do escritório, uma mulher sai de lá. Ela é alta, atraente e parece extremamente jovem para ser uma funcionária. O que quer que ela faça aqui é algo que tem pouco tempo. Ela mal parece ter idade suficiente para ser formada na universidade.

— Sr. Nash — diz ela, com um vago sorriso, jogando o cabelo louro para trás do ombro. — Tem hora marcada?

Paro, sem continuar me aproximando dela. Olho de volta para a secretária no mesmo instante em que a Srta. Ashley acena para ela não se preocupar.

— Não tem problema, tenho alguns minutos. Pode entrar.

Passo cuidadosamente por ela, assimilando a placa na porta enquanto entro no escritório.

AVRIL ASHLEY, ORIENTADORA EDUCACIONAL

Ela fecha a porta atrás de mim, e dou uma olhada no escritório, que é decorado com frases motivacionais e pôsteres típicos de mensagens positivas. De repente, fico constrangido. Encurralado. Eu devia ter dito que não precisava falar com ela, mas tenho esperança de que essa orientadora — *com quem eu aparentemente me encontrava com frequência* — saiba algumas coisas sobre meu passado que possam ajudar Charlie e eu.

Eu me viro no mesmo instante em que a mão da Srta. Ashley desliza pela porta e encontra a fechadura. Ela tranca a sala e se aproxima lentamente de mim. Suas mãos tocam meu peito e pouco antes de sua boca encontrar a minha, cambaleio para trás e me seguro num armário.

Caramba.

Que diabo é isso?

Ela parece ofendida por eu ter rejeitado sua investida. Esse não deve ser um comportamento normal entre nós.

Será que estou transando com a orientadora?

Imediatamente penso em Charlie e, com base na nossa óbvia falta de comprometimento um com o outro, me pergunto que tipo de namoro era esse que a gente tinha. *Por que sequer estávamos juntos?*

— Tem algo errado? — pergunta a Srta. Ashley.

Eu me viro um pouco e me afasto alguns passos dela, aproximando-me da janela.

— Não estou me sentindo muito bem hoje. — Fito seus olhos e forço um sorriso. — Não quero que fique doente.

Minhas palavras a tranquilizam, e ela se aproxima de mim de novo, inclinando-se e encostando os lábios no meu pescoço.

— Coitadinho — ronrona ela. — Quer que eu faça você se sentir melhor?

Arregalo os olhos, que vasculham o escritório, procurando uma rota de fuga. Minha atenção volta-se para o computador na mesa dela, e depois para uma impressora atrás da sua poltrona.

— Srta. Ashley — digo, afastando-a delicadamente do meu pescoço.

Isso é errado de tantas maneiras...

Ela ri.

— Você nunca me chama assim quando estamos sozinhos. É estranho.

Ela fica à vontade demais comigo. Preciso dar o fora daqui.

— *Avril* — digo, sorrindo para ela de novo. — Preciso de um favor. Pode imprimir meu horário e o de Charlie?

Ela endireita a postura na mesma hora, e seu sorriso some rapidamente ao ouvir o nome de Charlie. *Um ponto de discórdia, pelo visto.*

— Estou pensando em trocar algumas aulas para não ter que passar tanto tempo perto dela.

A mentira não poderia ser maior.

A Srta. Ashley — *Avril* — passa os dedos pelo meu peito, e o sorriso reaparece em seu rosto.

— Bem, já passou mesmo da hora. Estou vendo que finalmente decidiu seguir o conselho da sua orientadora.

Sua voz é extremamente sensual. Imagino como as coisas devem ter começado com ela, mas fico me sentindo fútil. É algo que me faz odiar quem eu era.

Troco o peso de um pé para outro enquanto ela vai até a poltrona e começa a digitar no teclado.

Ela pega as páginas que acabou de imprimir e se aproxima de mim. Tento tirar os horários das suas mãos, mas ela os afasta com um sorriso.

— Nada disso — diz ela, balançando a cabeça lentamente.

— Isso aqui tem um preço.

Ela se apoia na mesa e deixa as folhas ao lado do corpo, viradas para baixo. Encontra meu olhar novamente, e percebo que não vou conseguir ir embora sem ceder, o que é a última coisa que eu queria fazer justo agora.

Dou dois passos lentos para perto dela e ponho cada mão em um lado do seu corpo. Eu me inclino para o seu pescoço e escuto-a arfando quando começo a falar:

— Avril, eu só tenho cinco minutos antes de a aula começar. De jeito nenhum vou conseguir fazer tudo o que quero com você em apenas cinco minutos.

Deslizo a mão até os horários na mesa e me afasto com os papéis. Ela está mordendo o lábio inferior e me encarando com olhos ardentes.

— Volte durante o almoço — sussurra ela. — Acha que uma hora basta, Sr. Nash?

Pisco para ela.

— Acho que vai ter que bastar — digo, enquanto saio do escritório.

Só paro quando estou no corredor e me viro, saindo do campo de visão dela.

Meu lado irresponsável de garoto de 18 anos quer me parabenizar por aparentemente estar pegando a orientadora, mas meu lado responsável quer me dar um murro por eu ter feito isso com Charlie.

Está na cara que Charlie é a melhor escolha, e odeio saber que eu estava arriscando nosso relacionamento.

Mas, ao mesmo tempo, Charlie também fizera o mesmo.

*

Felizmente, o papel com os horários traz os números dos nossos armários e as senhas. O dela é o 543, e o meu, o 544. Imagino que tenha sido proposital.

Abro meu armário primeiro e encontro três livros escolares empilhados lá dentro. Há um café tomado pela metade na frente dos livros e a embalagem vazia de um pão de canela. Há também duas fotos coladas: uma de mim e Charlie e a outra só de Charlie.

Pego a foto dela e fico olhando. Por que eu teria fotos dela no meu armário se não estávamos felizes juntos? Ainda mais essa. Está na cara que fui eu quem tirei, pois segue o mesmo estilo das fotos penduradas no meu quarto.

Ela está sentada de pernas cruzadas num sofá. Sua cabeça está levemente inclinada, e ela encara a câmera.

Seus olhos estão intensos, encarando a câmera como se estivessem me encarando. Ela está confiante e à vontade, e, apesar de não sorrir nem rir na foto, dá para perceber que está feliz. Quando quer que tenha sido tirada, foi um dia alegre para ela. Para nós dois. Seus olhos gritam mil coisas nessa foto, sendo que o grito mais alto diz: *eu te amo, Silas!*

Fico observando a imagem por mais um tempo e coloco a foto de volta no armário. Confiro o celular para ver se ela me mandou alguma mensagem. Mas não fez isso. Olho ao redor e noto Landon se aproximando no corredor. Ao passar por mim, ele diz por cima do ombro:

— Parece que Brian ainda está na jogada, irmão.

O sinal toca.

Olho na direção de onde Landon veio, e encontro uma multidão maior de alunos naquela extremidade do corredor. As pessoas parecem estar demorando mais ali, olhando por cima dos ombros. Algumas me observam, outras focam no que quer que esteja acontecendo do outro lado do corredor. Começo a me aproximar, e a atenção de todo mundo se volta para mim enquanto passo pelas pessoas.

Começa a se abrir um espaço na multidão, e é então que a vejo. Ela está parada diante de uma fileira de armários, abraçando-se. Brian está encostado num dos armários, olhando-a atentamente. Ele parece estar bem envolvido na conversa, enquanto ela parece apenas resguardada. Ele percebe minha presença quase imediatamente, e sua postura enrijece; ele fica sério. Charlie acompanha os olhos dele até encontrar os meus.

Por mais que eu possa presumir que ela não precise ser salva, um alívio toma conta dela quando nossos olhares se encontram. Um sorriso surge em seus lábios, e tudo que mais quero é afastar esse garoto dela. Passo dois segundos pensando. Será que devo ameaçá-lo? Bater nele como eu queria tanto ontem no estacionamento? Mas sinto que nenhuma dessas atitudes vai ter o efeito desejado.

— É melhor você ir para a aula — diz ela para Brian.

Suas palavras são rápidas, um alerta, como se ela estivesse com medo de que eu fosse bater nele. Ela não precisa se preocupar. O que estou prestes a fazer com Brian Finley vai machucá-lo muito mais do que se eu simplesmente batesse nele.

O sinal toca pela segunda vez. Ninguém se mexe. Nenhum aluno está correndo para a sala de aula para não chegar atrasado. Ninguém ao meu redor segue pelo corredor ao escutar o sinal. Estão todos na expectativa. Observando. Esperando eu arranjar briga. Será que é isso que o antigo Silas faria? Será que é isso que o novo Silas deve fazer?

Ignoro todo mundo, exceto Charlie, e ando cheio de confiança até ela, sem desviar os olhos dos seus nem por um segundo. Assim que Brian vê que estou me aproximando, ele se afasta dois passos. Olho diretamente para ele enquanto estendo a mão para Charlie, dando a ela a opção de segurá-la e vir comigo, ou de ficar onde está.

Sinto seus dedos deslizarem entre os meus, e ela segura minha mão com força. Puxo-a para longe dos armários, de Brian, da multidão de alunos. Assim que viramos o corredor, ela solta minha mão e para de andar.

— Isso foi um pouco dramático, não acha? — pergunta ela.

Eu me viro para ela, que está estreitando os olhos, mas também dá para notar um sorriso. Não sei se ela está contente ou brava.

— Eles estavam esperando minha reação. O que queria que eu fizesse, desse um tapinha no ombro dele e perguntasse educadamente se eu estava interrompendo algo?

Ela cruza os braços no peito.

— Por que acha que eu precisava que você fizesse alguma coisa?

Não entendo sua hostilidade. Ontem à noite parecia estar tudo bem entre a gente, então fico sem entender por que ela parece tão zangada comigo.

Ela esfrega as mãos nos próprios braços e depois olha para o chão.

— Desculpe — murmura. — Eu só... — Ela olha para o teto e geme. — Eu só queria arranjar mais informação. Foi só por isso que estava com ele agora no corredor. Não estava dando em cima dele.

Sua resposta me surpreende. Não gosto do seu olhar de culpa. Não foi por isso que a tirei de perto dele, mas então percebo que Charlie acha que estou realmente bravo porque ela estava com ele. Dava para perceber que ela não queria estar ali, mas talvez não tenha notado como consigo interpretá-la.

Dou um passo para perto dela. Quando ergue os olhos para encontrar os meus, sorrio.

— Você se sentiria melhor se soubesse que eu estava traindo você com a orientadora?

Ela inspira rapidamente pela boca, e o choque surge no seu rosto.

— Não era só você que não estava comprometida com a gente, Charlie. Pelo jeito, nós dois tínhamos problemas que precisávamos resolver, portanto, não seja tão severa consigo mesma.

Não é normal uma garota sentir alívio ao descobrir que o namorado a está traindo, mas definitivamente é isso que Charlie sente. Dá para ver nos seus olhos e escutar no ar que solta pela boca.

— Caramba... — diz ela, colocando as mãos nos quadris.

— Então, tecnicamente, estamos empatados?

Empatados? Balanço a cabeça.

— Isso não é um jogo que quero vencer, Charlie. Pelo contrário, eu diria até que nós dois perdemos.

Um sorriso fantasmagórico surge em seus lábios, e depois ela olha por cima do ombro.

— É melhor a gente descobrir onde são nossas aulas.

Eu me lembro dos horários e tiro o dela do bolso de trás da calça.

— Só temos aula juntos no quarto horário, de história. Sua primeira aula é inglês. Fica no outro corredor — digo, gesticulando na direção da sala da primeira aula dela.

Ela assente agradecida e desdobra o papel com o horário.

— Bem pensado — diz ela, analisando-o. Ela olha de volta para mim com um sorriso malicioso. — Imagino que tenha conseguido isso com sua amante orientadora, não foi?

Suas palavras me fazem estremecer, mas, na verdade, eu realmente não devia sentir remorso pelo que quer que tenha acontecido antes de ontem.

— *Ex*-amante orientadora — ressalto com um sorriso.

Ela ri, e é uma risada de solidariedade. Por mais complicada que seja nossa situação, e por mais confusa que seja essa nova informação sobre o nosso namoro, o fato de a gente conseguir rir disso prova que pelo menos nós dois concordamos que é tudo absurdo. E a única coisa em que consigo pensar enquanto me afasto dela é como eu queria que Brian Finley pudesse se engasgar com a risada dela.

*

As três primeiras aulas do dia pareceram estranhas. Ninguém ali nem nenhum assunto me pareceu familiar. Eu me senti um impostor, deslocado.

Mas, assim que entrei na quarta aula e me sentei ao lado de Charlie, meu humor mudou. Ela é familiar. A única coisa familiar que tenho em um mundo de inconsistência e confusão. Trocamos alguns olhares, mas não nos falamos durante a aula. Nem estamos dizendo nada nesse momento, enquanto entramos juntos no refeitório. Olho para nossa mesa, e todas as mesmas pessoas de ontem já estão sentadas, guardando nossos lugares.

Aponto a cabeça para a fila do almoço.

— Vamos pegar nossa comida primeiro.

Ela olha para mim rapidamente antes de observar outra vez a mesa.

— Não estou com muita fome — afirma ela. — Vou esperar você na mesa

Ela vai na direção do nosso grupo, e sigo para a fila do bufê.

Depois de pegar minha bandeja e uma Pepsi, vou até a mesa e me sento. Charlie está olhando o celular, excluindo-se da conversa ao seu redor.

O cara à minha direita — *Andrew, acho* — me dá uma cotovelada.

— Silas — diz ele, batendo repetidamente. — Conte pra ele o peso que eu levantei segunda.

Olho para o cara sentado à nossa frente. Ele revira os olhos e bebe o resto do refrigerante antes de batê-lo na mesa.

— Qual é, Andrew. Acha que sou burro o suficiente pra achar que seu melhor amigo não mentiria pra você?

Melhor amigo.

Andrew é meu melhor amigo, e só faz trinta segundos que descobri o nome dele.

Minha atenção desvia dos dois para a comida na minha frente. Abro o refrigerante e dou um gole no instante em que Charlie aperta sua cintura. O refeitório está barulhento, mas, mesmo assim, consigo ouvir a barriga dela roncando. Está com fome.

Se ela está com fome, por que não come?

— Charlie? — Eu me inclino para perto dela. — Por que não está comendo? — Ela faz pouco-caso da minha pergunta, dando de ombros. Pergunto ainda mais baixo: — Você tem dinheiro?

Charlie lança um olhar para mim, como se eu tivesse acabado de revelar um enorme segredo para o refeitório inteiro. Ela engole em seco e desvia o olhar, envergonhada.

— Não — responde baixinho. — Dei meus últimos dólares para Janette hoje de manhã. Eu aguento até chegar em casa.

Ponho a bebida na mesa e empurro minha bandeja para a frente dela.

— Tome. Vou pegar outra.

Eu me levanto e vou até a fila pegar outra bandeja. Quando volto para a mesa, ela já deu algumas garfadas na comida. Não agradece, e me sinto aliviado. Garantir que ela tenha o que comer não é um favor que quero que me agradeça. Torço para que isso seja algo que ela esperasse de mim.

— Quer carona para casa hoje? — pergunto, enquanto terminamos nosso almoço.

— Cara, não pode faltar o treino de novo — diz Andrew para mim. — O técnico não vai deixar você jogar amanhã à noite se fizer isso.

Esfrego a palma no rosto, depois enfio a mão no bolso e pego as chaves.

— Tome — digo, colocando-as na mão dela. — Leve sua irmã de carro pra casa depois do colégio. Venha me buscar quando o treino acabar.

Ela tenta me devolver as chaves, mas não vou aceitá-las.

— Fique com elas — afirmo. — Você pode precisar do carro mais tarde, e eu não vou usá-lo.

Andrew se intromete:

— Vai deixar ela dirigir seu carro? Está brincando? Você nunca sequer me deixou sentar atrás da porcaria do volante!

Olho para Andrew e dou de ombros.

— Não é por você que estou apaixonado.

Charlie cospe a bebida durante um ataque de risos. Olho para ela, que está toda sorridente. É algo que alegra seu rosto inteiro, fazendo de alguma maneira o castanho dos seus olhos parecer menos escuro. Eu posso até não me lembrar de nada sobre Charlie, mas aposto que seu sorriso sempre foi o que mais gosto nela.

*

O dia de hoje foi muito cansativo. Parece que estou no palco há horas, atuando em cenas sem sequer ter um roteiro. A única coisa que me interessa no momento é ficar na minha cama, ou com Charlie. Ou talvez as duas coisas juntas.

No entanto, Charlie e eu ainda temos um objetivo, que é descobrir o que diabo aconteceu com a gente ontem. Apesar de nenhum de nós ter sentido muita vontade de vir para a escola hoje, a gente sabia que o colégio poderia nos dar alguma pista. Afinal, isso tudo aconteceu ontem no meio do horário das aulas, então pode ser que a resposta tenha alguma coisa a ver com isso.

O treino de futebol americano talvez ajude. Estarei perto de pessoas com quem não passei muito tempo nas últimas 24 horas. Talvez eu descubra algo sobre mim mesmo ou sobre Charlie. Algo que talvez explique um pouco nossa situação.

Fico aliviado ao perceber que todos os armários têm um nome na frente, então não é difícil encontrar meu uniforme e o equipamento. O difícil é descobrir como colocá-los. Tenho dificuldade com a calça, mas tento demonstrar que sei o que estou fazendo. O vestiário vai se esvaziando lentamente enquanto todos os garotos seguem para o campo e eu fico sozinho.

Quando acho que consegui ajeitar tudo, apanho a camisa na prateleira superior do armário para vesti-la. Avisto uma caixa bem no fundo da prateleira superior. Pego-a e me sento no banco. É uma caixa vermelha, bem maior do que uma caixa que teria apenas alguma joia. Tiro a tampa e vejo que há algumas fotos bem no topo.

Não tem muitas pessoas nas fotos. Parecem ser de paisagens. Passo as fotos e encontro a de um balanço. É um dia chuvoso, e há poças d'água na terra debaixo do balanço. Viro a foto e atrás está escrito: *nosso primeiro beijo*.

A próxima foto é do banco de trás de um carro, mas o ângulo está direcionado do piso do automóvel para cima. Eu a viro. *Nossa primeira briga.*

A terceira parece ser de uma igreja, mas só aparecem as portas. *Onde nos conhecemos.*

Olho todas as fotos até finalmente encontrar uma carta, dobrada no fundo da caixa. Eu a pego e desdobro. É uma carta breve que escrevi para Charlie. Começo a ler, mas meu celular vibra, então o pego e destravo a tela.

Charlie: Que horas seu treino acaba?

Eu: Sei lá. Encontrei uma caixa cheia de coisas no vestiário. Não sei se vai ajudar, mas tem uma carta dentro.

Charlie: O que ela diz?

— Silas! — grita alguém atrás de mim. Eu me viro e deixo duas fotos caírem. Tem um homem na porta com uma expressão furiosa. — Para o campo!

Assinto, e ele segue pelo corredor. Guardo as fotos de volta na caixa e a enfio dentro do armário. Respiro fundo para me acalmar, e saio para o campo de treino.

Formaram duas filas no campo, ambas de rapazes encurvados e encarando o outro à sua frente. Tem um espaço sobrando no meio, então corro até lá e imito os outros jogadores.

— Porra, Nash! Por que não está com as ombreiras? — grita alguém.

Ombreiras. Merda.

Saio da fila e volto correndo para o vestiário. Essa vai ser a hora mais longa da minha vida. É estranho eu não conseguir me lembrar das regras do futebol americano. Mas não deve ser tão difícil assim. É só correr para lá e para cá algumas vezes e o treino logo vai acabar.

Encontro as ombreiras atrás da fileira de armários. Por sorte, são fáceis de colocar. Volto correndo para o campo, e todo mundo está se espalhando, correndo feito formigas. Hesito antes de entrar no gramado. Quando um apito soa, alguém me empurra de trás.

— Vá! — grita ele, frustrado.

As filas, os números, as traves. Nada tem qualquer significado para mim. Fico parado no campo no meio dos outros garotos. Um dos técnicos grita uma ordem, e, antes que eu perceba, a bola está vindo na minha direção. Eu a agarro.

E agora?

Correr. Provavelmente devo correr.

Percorro um metro até que meu rosto atinge a grama artificial. O apito soa. Um homem grita.

Eu me levanto, e um dos técnicos se aproxima rapidamente de mim.

— Que diabo foi isso? Foque no jogo, droga!

Olho ao meu redor, e o suor começa a escorrer da minha testa. Escuto a voz de Landon atrás de mim.

— Cara. O que tem de errado com você, afinal?

Eu me viro e olho para ele bem no instante em que todo mundo se aglomera ao meu redor. Acompanho os movimentos deles e coloco os braços nas costas dos rapazes do meu lado esquerdo e direito. Ninguém diz nada por vários segundos, e então percebo que todos estão olhando para mim. Esperando. Acho que eles querem que eu diga alguma coisa, não é? Mas tenho a impressão de que não estou num círculo de oração.

— Vai dizer qual é a jogada ou não? — pergunta o rapaz à minha esquerda.

— Hum... — gaguejo. — Você... — Aponto para Landon. — Faça aquela... coisa.

Antes que eles possam me questionar, recuo e o grupo se afasta.

— O técnico vai mandar você para o banco — murmura alguém atrás de mim.

Um apito soa. Antes mesmo que o som saia dos meus ouvidos, um trem de carga colide contra o meu peito.

Ou pelo menos é o que parece.

O céu está em cima de mim, meus ouvidos estão zumbindo, e não consigo respirar.

Landon está ao meu lado. Ele pega meu capacete e o sacode.

— O que tem de *errado* com você, hein? — Ele olha ao redor e depois para mim. Estreita os olhos. — Continue no chão. Finja que está doente.

Faço o que meu irmão manda, e ele se levanta.

— Eu disse para ele não vir treinar, treinador — comenta Landon. — Ele passou a semana com estreptococo. Acho que está desidratado.

Fecho os olhos, sentindo um alívio por causa do meu irmão. Eu até que gosto desse garoto.

— Que diabo está fazendo aqui então, Nash? — O técnico está ajoelhado. — Vá para o vestiário e se hidrate. Temos jogo amanhã à noite. — Ele se levanta e gesticula para um dos técnicos assistentes. — Dê antibiótico pra ele e garanta que vá jogar amanhã.

Landon me levanta. Meus ouvidos continuam zumbindo, mas agora consigo respirar. Vou para o vestiário, aliviado por estar fora do campo. Eu nunca devia nem ter pisado aqui, pra início de conversa. *Não foi nada inteligente, Silas.*

Chego no vestiário e tiro o equipamento. Assim que calço os sapatos, escuto passos se aproximando no corredor. Olho ao redor e encontro uma saída na parede oposta, então vou até ela e a abro. Por sorte, dá direto no estacionamento.

Sinto um alívio imediato quando vejo meu carro. Ando depressa até lá, e Charlie sai do lado do motorista, ficando de pé num salto enquanto me aproximo. Fico tão aliviado ao vê--la — só por ser alguém com quem me identifico — que nem penso no que faço em seguida.

Agarro seu pulso e a puxo para perto, envolvendo-a com meus braços num abraço apertado. Enterro o rosto no seu cabelo e suspiro. É uma sensação familiar. De segurança. E me faz esquecer que nem consigo lembrar...

— O que você está fazendo?

Ela enrijece o corpo contra o meu. Sua reação fria me faz lembrar de que a gente não age dessa forma. Eram Silas e Charlie que se comportavam assim.

Merda.

Pigarreio e a solto, rapidamente dando um passo para trás.

— Desculpe — murmuro. — Força do hábito.

— A gente *não tem* hábitos.

Ela passa por mim e dá a volta no meu carro.

— Acha que sempre foi tão malvada assim comigo? — pergunto a ela.

Ela olha para mim por cima do capô e assente.

— Aposto que sim. Você deve adorar um castigo.

— Devo ser masoquista — murmuro.

Nós dois entramos no carro, e planejo ir a dois lugares essa noite. Primeiro, para a minha casa tomar banho, mas tenho certeza de que, se eu a convidasse para vir comigo. ela recusaria só para me irritar. Em vez disso, vou para minha casa, deixando-a sem escolha.

*

128

— Por que está sorrindo? — pergunta ela, cinco quilômetros depois.

Eu não tinha percebido isso. Dou de ombros.

— Estava só pensando.

— No quê?

Olho para ela, que aguarda minha resposta, franzindo a testa impacientemente.

— Estava me perguntando como foi que o antigo Silas conseguiu amolecer você.

Ela ri.

— Por que acha que ele conseguiu isso?

Eu até daria outro sorriso, mas acho que ele não tinha saído do meu rosto.

— Você viu o vídeo, Charlie. Você o amava. — Paro por um segundo e depois refaço a frase. — *Me* amava. Você *me* amava.

— *Ela* amava você — retruca Charlie, sorrindo. — Ainda nem sei se *gosto* de você.

Balanço a cabeça, rindo baixinho.

— Não me conheço muito bem, mas eu devia ser bem competitivo. Porque acabei de considerar isso um desafio.

— Considerar *o que* um desafio? Acha que pode me fazer gostar de você de novo?

Olho para ela e balanço a cabeça bem sutilmente.

— Não acho. Vou fazer você se apaixonar por mim outra vez.

Percebo o movimento suave em sua garganta quando ela engole em seco, mas, com a mesma rapidez com que ela baixou a guarda, ela se apressa em recuperá-la.

— Boa sorte — diz, virando-se para a frente de novo. — Tenho certeza de que você vai ser o primeiro garoto competindo consigo mesmo pelo afeto de uma garota.

— Talvez — digo, assim que paramos na entrada da garagem da minha casa. — Mas eu apostaria em mim.

Desligo o carro e saio. Ela não tira o cinto.

— Você vai entrar? Preciso tomar uma ducha.

Ela nem olha para mim.

— Vou esperar no carro.

Não discuto. Fecho a porta e entro em casa para tomar banho, pensando no sorrisinho que juro que estava se insinuando no canto da sua boca.

Por mais que reconquistá-la não seja minha maior prioridade, é definitivamente meu plano reserva caso nenhum de nós consiga descobrir como podemos voltar a ser quem éramos anteontem. Porque mesmo em meio a todo o tumulto — ela me traindo com Brian, eu a traindo com a orientadora, nossas famílias brigando — é óbvio que a gente ainda se esforçava para o namoro dar certo. Tinha que ter alguma coisa a mais nisso, algo além de uma atração, ou de um mero vínculo de infância, que me fez lutar para ficar com ela.

Quero sentir isso de novo. Quero lembrar como é amar alguém desse jeito. E não qualquer pessoa. Quero saber como é amar *Charlie*.

11

Charlie

Estou parada na beirada da grama, olhando para a rua quando ele se aproxima atrás de mim. Não o escuto chegar, mas sinto seu cheiro. Não sei como, pois ele tem cheiro de mato.

— O que está olhando? — pergunta ele.

Fico encarando as casas, cada uma delas imaculada e tão bem cuidada a ponto de ser irritante. Tenho vontade de dar um tiro para cima, só para ver todas as pessoas silenciosas lá dentro saírem atrapalhadas. Essa vizinhança precisa de um pouquinho de animação.

— É estranho como o dinheiro parece silenciar uma vizinhança — digo baixinho. — Na minha rua, onde ninguém tem dinheiro, é tanto barulho. Sirenes soando, pessoas gritando, portas de carro batendo, aparelhos de som retumbando. Sempre tem alguém fazendo barulho em algum lugar. — Eu me viro e olho para ele, sem esperar a reação que tenho ao deparar com seu cabelo molhado e seu queixo suave. Foco nos seus olhos, mas não ajuda muito. Pigarreio e desvio o olhar. — Acho que prefiro o barulho.

Ele dá um passo à frente e ficamos com os ombros próximos, encarando a rua taciturna.

— Não, não prefere. Você não prefere nenhum dos dois — diz ele, como se me conhecesse, e quero lembrá-lo de que não me conhece nem um pouco, mas ele põe a mão no meu cotovelo.

— Vamos dar o fora daqui — sugere. — Vamos fazer alguma coisa que não pertença a Charlie e Silas. Alguma coisa nossa.

— Está falando como se a gente fosse invasores de corpos.

Silas fecha os olhos e inclina a cabeça para trás.

— Você não faz ideia de quantas vezes por dia penso em invadir seu corpo.

Não queria rir tanto quanto rio, mas tropeço nos meus próprios pés e Silas me segura. Nós dois estamos rindo enquanto ele me ajuda a levantar e esfrega as mãos pelos meus braços.

Desvio o olhar. Cansei de gostar dele. Só tenho um dia e meio de lembranças, mas em todas eu não odeio Silas. E agora a missão pessoal dele é me fazer amá-lo novamente. É irritante que eu goste disso.

— Afaste-se — digo.

Ele ergue as mãos se rendendo e recua um passo.

— Está bom assim?

— Mais.

Outro passo.

— Melhorou?

— Sim — confirmo, irritada.

Silas sorri.

— Não me conheço muito bem, mas dá para perceber que sou muito bom no jogo da conquista.

— Ah, até parece — digo. — Você está mais para jogo de paciência. Enche tanto o saco que todo mundo acaba traindo, só para acabar logo com tudo.

Ele fica em silêncio por um minuto. Eu me sinto mal por ter dito algo tão constrangedor, mesmo que tenha sido uma piada.

— Você deve ter razão. — Ele ri. — É por isso que me traiu com aquele imbecil do Brian. Sorte sua que não gosto mais do jogo da paciência. Agora eu jogo Tetris. Todas as minhas peças e partes vão se encaixar nas suas peças e partes.

Eu rio.

— E aparentemente nas da orientadora.

— Golpe baixo, Charlie — diz ele, balançando a cabeça.

Aguardo alguns segundos, mordendo o lábio. E depois digo:

— Acho que não quero que me chame assim.

Silas se vira para me olhar.

— Charlie?

— É. — Olho para ele. — Isso é estranho? Não sinto que sou ela. Nem a conheço. Esse não parece ser meu nome.

Ele assente enquanto vamos até o carro.

— Então vou poder escolher outro nome para você?

— Até a gente entender tudo isso... sim.

— Poppy — diz ele.

— Não.

— Lucy.

— Nem morta. Qual é o seu problema, hein?

Ele abre a porta do carona da Land Rover, e eu entro.

— Tá bom... tá bom. Percebi que não gosta de nomes tradicionalmente fofos. A gente pode tentar algo mais forte, então. — Ele vai para o lado do motorista e entra. — Xena...

— Não.

— Rogue.

— Eca. Não.

Ficamos nessa discussão até o GPS de Silas indicar que chegamos. Dou uma olhada ao redor, surpresa por ter ficado tão entretida na conversa que nem prestei atenção no caminho. Ao verificar meu celular, noto que Brian mandou seis mensagens. Não quero lidar com ele nesse momento. Enfio o telefone e a carteira debaixo do banco, fora da minha vista.

— Onde estamos?

— Bourbon Street — responde ele. — O lugar mais movimentado de New Orleans.

— Como sabe disso? — pergunto desconfiada.

— Procurei no Google.

Nós nos encaramos por cima do capô e fechamos as portas ao mesmo tempo.

— Como sabia o que era Google?

— Achei que era isso que a gente ia descobrir juntos.

Vamos para a frente do carro.

— Acho que somos alienígenas — digo. — É por isso que não temos nenhuma lembrança de Charlie e Silas. Mas conseguimos nos lembrar de coisas como Google e Tetris por causa dos chips de computador nos nossos cérebros.

— Então posso chamá-la de Alien?

Antes que eu seja capaz de pensar no que estou fazendo, bato o dorso da mão no peito dele.

— Concentre-se, Silas!

Ele resmunga e depois eu aponto para a frente.

— O que é aquilo?

Saio andando.

É uma construção branca, com uma estrutura parecida com a de um castelo. Três pináculos se dirigem para o céu.

— Parece uma igreja — comenta ele, pegando o celular.

— O que está fazendo?

— Tirando uma foto... caso a gente se esqueça novamente. Pensei que devíamos documentar o que está acontecendo e os lugares aonde vamos.

Fico em silêncio pensando no que ele disse. É mesmo uma boa ideia.

— É para lá que a gente devia ir, não é? Igrejas ajudam pessoas... — digo, com a voz ficando mais baixa.

— Sim — concorda Silas. — Elas ajudam *pessoas*, não alienígenas. E como a gente...

Bato nele de novo. Queria que ele levasse isso a sério.

— E se formos anjos que devem ajudar alguém, e receberam esses corpos para cumprir a missão?

Ele suspira.

— Está escutando o que está dizendo?

Alcançamos as portas da igreja, que ironicamente estão trancadas.

— Está bem — digo, me virando. — Qual a *sua* sugestão para o que aconteceu com a gente? Nós batemos a cabeça um no outro e perdemos a memória? Ou talvez a gente tenha comido alguma coisa que nos fez muito mal!

Desço a escada furiosa.

— Ei! Ei! — chama ele. — Não pode ficar zangada comigo. Não é culpa minha.

Ele desce a escada correndo atrás de mim.

— Como sabemos disso? A gente não sabe *nada*, Silas! Pode ser tudo culpa sua!

Agora estamos parados na base da escada, nos encarando.

— Talvez seja — diz ele. — Mas o que quer que eu tenha feito, você também fez. Porque, se ainda não percebeu, nós dois estamos no mesmo barco.

Cerro e abro os punhos, respiro fundo algumas vezes e fico concentrada, encarando a igreja até meus olhos lacrimejarem.

— Escute — começa Silas, aproximando-se de mim. — Desculpe se transformei isso numa piada. Quero entender tudo tanto quanto você. Quais outras ideias você tem?

Fecho os olhos.

— Conto de fadas — revelo, olhando de volta para ele. — Sempre tem alguém amaldiçoado. Para quebrar o feitiço, a pessoa precisa descobrir alguma coisa sobre ela mesma... e depois...

— Depois o quê?

Dá para perceber que ele está tentando me levar a sério, mas por alguma razão isso me deixa ainda mais zangada.

— Tem um beijo...

Ele sorri.

— Um beijo, é? Nunca beijei ninguém.

— Silas!

— *O quê?* Se eu não lembro, não vale!

Cruzo os braços no peito e fico observando um músico de rua pegar o violino. Esse homem se lembra da primeira vez que segurou um violino, das primeiras notas que tocou, de quem lhe deu o instrumento. Sinto inveja das lembranças dele.

— Vou falar sério, Charlie. Desculpe.

Olho para Silas de relance. Ele parece genuinamente arrependido. Está com as mãos nos bolsos e a cabeça baixa, como se de repente carregasse peso demais nos ombros.

— Então o que acha que a gente precisa fazer? Nos beijar? Dou de ombros.

— Vale a pena tentar, não é?

— Você disse que no conto de fadas a pessoa precisa descobrir alguma coisa primeiro...

— É. Por exemplo, a Bela Adormecida precisava que alguém corajoso a beijasse para libertá-la da maldição do sono. A Branca de Neve precisava do beijo do seu verdadeiro amor para voltar à vida. Ariel precisava que Eric a beijasse para quebrar o feitiço que a Bruxa do Mar lançou nela.

Ele fica animado.

— São filmes — diz ele. — Você se lembra de ter assistido?

— Não me lembro, só sei que assisti. O Sr. Deetson falou sobre conto de fadas hoje na aula de inglês. Foi por isso que tive essa ideia.

Começamos a caminhar na direção do músico de rua, que está tocando algo lento e triste.

— Parece que quebrar o feitiço depende mais do rapaz — comenta Silas. — Ele precisa ter algum significado para a menina.

— Pois é... — digo baixinho, enquanto paramos para escutar.

Queria saber que música ele está tocando. Parece algo que já escutei, mas não sei o nome.

— Tem uma garota — sussurro. — Quero falar com ela... Acho que ela talvez saiba alguma coisa. Certas pessoas se referiram a ela como menina camarão.

Silas franze as sobrancelhas.

— Como assim? Quem é ela?

— Não sei. Ela faz algumas aulas comigo. É só uma sensação que tenho

Estamos parados em meio a um grupo de espectadores, e Silas estende a mão para segurar a minha. Pela primeira vez, não me afasto dele. Deixo seus dedos quentes se entrelaçarem aos meus. Com a outra mão, ele tira uma foto do violinista e olha para mim.

— Para que eu possa me lembrar da primeira vez que segurei sua mão.

Silas

Andamos dois quarteirões, e ela ainda não soltou minha mão. Não sei se é porque gosta de segurá-la, ou se a Bourbon Street que é... *bem...*

— Meu Deus — diz ela, virando-se para mim. Ela agarra minha camisa e encosta a testa no meu braço. — Aquele cara acabou de mostrar o pênis para mim — confessa ela, rindo na manga da minha camisa. — Silas, acabei de ver meu primeiro pênis!

Rio enquanto continuo conduzindo-a em meio à multidão bêbada da Bourbon Street. Depois de andarmos bastante, ela olha para cima de novo. Agora estamos nos aproximando de um grupo ainda maior de homens agressivos e sem camisa. Em vez de camisas, vemos vários colares de contas ao redor do pescoço deles. Todos estão rindo e gritando com as pessoas nas varandas acima da gente. Ela segura minha mão com mais força até conseguirmos passar por eles. Depois relaxa e se afasta um pouco.

— E aqueles colares de contas? — pergunta ela. — Por que alguém compraria bijuterias tão bregas?

— Faz parte da tradição do Mardi Gras — conto a ela. — Li isso quando estava pesquisando sobre a Bourbon Street. Começou como uma celebração da última terça-feira antes da Quaresma, mas pelo jeito acho que virou algo que dura o ano inteiro.

Puxo-a para perto de mim e aponto para a calçada na frente dela. Charlie contorna o que parece ser vômito.

— Estou com fome.

Rio.

— Passar por cima de vômito a deixou com fome?

— Não, vômito me fez pensar em comida, e comida fez minha barriga roncar. Me alimente. — Ela aponta para um restaurante mais à frente na rua. Tem um letreiro em vermelho-neon piscando. — Vamos ali.

Ela passa à minha frente, ainda segurando minha mão. Dou uma olhada em meu celular e a sigo. Tem três ligações perdidas. Uma do "Treinador", outra do meu irmão e mais uma da minha "Mãe".

É a primeira vez que penso na minha mãe. Como será que ela é? Por que será que não a conheci ainda?

Meu corpo inteiro esbarra nas costas de Charlie quando ela para bruscamente a fim de deixar um carro passar. Ela toca a parte de trás da sua cabeça, onde meu queixo bateu.

— Ai — diz ela, massageando a cabeça.

Esfrego meu queixo e fico observando de trás enquanto ela joga o cabelo para a frente, deixando-o por cima do ombro. Meus olhos se fixam na ponta do que parece ser uma tatuagem surgindo debaixo da parte de trás da camisa dela.

Ela recomeça a andar, mas eu seguro seu ombro.

— Espere — peço. Meus dedos percorrem a gola da sua camisa e puxo alguns centímetros para baixo. Há pequenas silhuetas de árvores em tinta preta bem debaixo da sua nuca. Percorro o contorno com os dedos. — Você tem uma tatuagem.

Ela leva a mão ao local que estou tocando.

— O quê?! — grita ela, e depois se vira e olha para mim.

— Não tenho, não.

— Tem, sim. — Eu a viro de volta e puxo sua camisa para baixo mais uma vez. — Aqui — digo, enquanto contorno as árvores de novo. Dessa vez, percebo seu pescoço se arrepiar. Observo a linha de pequenas saliências que seguem pelos seus ombros e se escondem debaixo da camisa. Dou mais uma olhada na tatuagem, porque agora seus dedos estão tentando sentir o mesmo que eu. Pego dois deles e os pressiono em sua pele. — São silhuetas de árvores — aviso a ela. — Bem aqui.

— *Árvores?* — diz ela, inclinando a cabeça para o lado. — Por que eu teria tatuado árvores? — Ela se vira. — Quero ver. Tire uma foto com o celular.

Puxo sua camisa o suficiente para baixo de forma que ela consiga ver a tatuagem inteira, apesar de não ter mais de 8 centímetros de largura. Coloco seu cabelo em cima do ombro de novo, não por causa da foto, e sim porque eu estava morrendo de vontade de fazer isso. Também reposiciono sua mão, deixando-a na frente do corpo, cobrindo seu ombro.

— Silas — murmura ela. — Tire logo a porcaria da foto. Isso aqui não é nenhuma aula de artes.

Sorrio e me pergunto se sou sempre assim, se me recuso a tirar uma simples foto por saber que com um pouco de esforço o resultado pode ficar excepcional. Ergo o celular e tiro a foto. Olho a tela, admirando como a tatuagem fica bem nela. Charlie se vira e pega o celular das minhas mãos.

Ela olha para a foto e arqueja.

— Ai, meu Deus.

— É uma tatuagem muito bonita — digo.

Ela me devolve o celular e revira os olhos, voltando a andar para o restaurante.

Ela pode revirar os olhos o quanto quiser. Isso não muda como ela reagiu quando sentiu meus dedos na sua nuca.

Observo-a caminhar até o restaurante, e percebo que já a entendi. Quanto mais ela gosta de mim, mais fechada fica. Mais sarcasmo ela usa comigo. A vulnerabilidade é algo que a faz se sentir frágil, então ela está fingindo ser mais durona do que realmente é. Acho que o antigo Silas também sabia disso. E é por essa razão que ele a amava, porque aparentemente gostava do joguinho que eles faziam.

Pelo visto, eu também gosto, porque mais uma vez estou indo atrás dela.

Passamos pela porta do restaurante, e, antes mesmo de a recepcionista ter oportunidade de falar, Charlie diz:

— Duas pessoas, cabine, por favor.

Pelo menos ela falou por favor.

— Por aqui — diz a mulher.

O restaurante é silencioso e escuro, contrastando bastante com o barulho e as luzes neon da Bourbon Street. Nós dois suspiramos de alívio quando nos sentamos. A garçonete nos entrega os cardápios e pega o pedido de nossas bebidas. De vez em quando, Charlie leva a mão à nuca como se conseguisse sentir o contorno da tatuagem.

— O que acha que significa? — pergunta ela, ainda encarando o cardápio.

Dou de ombros.

— Não sei. Talvez você gostasse de florestas. — Olho para ela. — Os contos de fadas que mencionou. Essas histórias não se passavam em florestas? Talvez o homem que vai quebrar seu feitiço com um beijo seja um lenhador robusto que mora numa floresta.

Seus olhos encontram os meus, e percebo que minhas piadas estão a irritando. Ou talvez ela esteja irritada porque me acha engraçado.

— Pare de zoar de mim — diz ela. — Nós dois acordamos sem memória exatamente na mesma hora, Silas. Não existe nada mais absurdo do que isso. Nem mesmo contos de fadas com lenhadores.

Sorrio inocentemente e olho para minha mão.

— Eu tenho calos nas mãos — digo, erguendo a mão e apontando para sua pele enrugada. — Talvez *eu* seja seu lenhador.

Ela revira os olhos de novo, mas dessa vez ri.

— Deve ter calo de tanto se masturbar.

Ergo a mão direita.

— Mas é em ambas as mãos, não só na esquerda.

— Ambidestro — diz ela inexpressivamente.

Nós dois sorrimos quando as bebidas são colocadas na nossa frente.

— Estão prontos para pedir? — pergunta a garçonete.

Charlie dá uma rápida olhada no cardápio e diz:

— Odeio que a gente não consiga se lembrar do que gosta. — Ela olha para a garçonete. — Quero um queijo-quente. Essa é uma escolha segura.

— Hambúrguer com fritas, sem maionese — digo. Devolvemos os cardápios, e volto a atenção para Charlie. — Você ainda não tem 18 anos. Como conseguiu fazer uma tatuagem?

— Bourbon Street não parece seguir muito as regras — responde ela. — Devo ter uma identidade falsa escondida em algum canto.

Abro a ferramenta de busca no meu celular.

— Vou tentar entender o que esse desenho significa. Virei um grande especialista do Google.

Passo os próximos minutos pesquisando todos os significados possíveis de árvores, florestas e grupos de árvores. Quando acho que encontrei alguma coisa, ela pega meu celular e o coloca na mesa.

— Levante-se — ordena ela, ficando em pé. — Vamos para o banheiro.

Ela segura minha mão e me puxa da mesa.

— Juntos?

Ela assente.

— É.

Olho para a parte de trás da sua cabeça, enquanto ela se afasta de mim, e depois para nossa mesa. *O que diabo...*

— *Venha* — diz ela por cima do ombro.

Sigo-a pelo corredor que leva até os banheiros. Ela empurra a porta do feminino e enfia a cabeça para dar uma olhada lá dentro.

— Só tem uma cabine. Está vazia — afirma ela, segurando a porta para mim.

Paro e olho para o banheiro masculino, que parece estar em perfeito estado, então não sei por que ela está...

— Silas!

Charlie agarra meu braço e me puxa para dentro do banheiro. Depois que entramos, eu meio que espero que ela jogue os braços ao redor do meu pescoço e me beije porque... *por que mais estaríamos aqui?*

— Tire a camisa.

Olho para minha camisa.

Olho de volta para ela.

— A gente... a gente vai se pegar? Porque não foi assim que imaginei.

Ela resmunga e estende o braço, puxando a bainha da minha camisa. Ajudo-a a tirá-la pela cabeça, e ela diz:

— Quero ver se você tem alguma tatuagem, sua anta.

Fico desanimado.

Eu me sinto como um garoto de 18 anos que foi deixado na mão. Mas acho que fui mesmo...

Ela me vira e, quando fico de frente para o espelho, ela arqueja. Seus olhos estão fixos nas minhas costas. Meus músculos ficam tensos com seu toque quando as pontas dos seus dedos encostam na minha omoplata. Ela descreve um círculo, com um raio de vários centímetros. Fecho os olhos e tento controlar minha pulsação. De repente me sinto mais bêbado do que todo mundo na Bourbon Street. Estou me segurando no balcão na minha frente porque os dedos dela... minha pele.

— *Meu Deus* — digo, gemendo, baixando a cabeça entre os ombros.

Concentre-se, Silas.

— O que foi? — pergunta ela, parando de inspecionar a tatuagem. — Não está doendo, está?

Dou risada, porque sentir suas mãos em mim é o oposto de sentir dor.

— Não, Charlie, não está doendo.

Meus olhos encontram os dela no espelho, e Charlie fica me encarando por vários segundos. Quando finalmente percebe o que está fazendo comigo, ela desvia o olhar e afasta a mão das minhas costas. Suas bochechas coram.

— Vista a camisa e vá esperar a comida — ordena ela. — Preciso fazer xixi.

Solto o balcão e respiro fundo ao vestir a camisa. Enquanto volto para a mesa, percebo que nem perguntei qual era a tatuagem.

*

— Um cordão de pérolas — revela ela ao se sentar à mesa. — Pérolas negras. Tem uns 15 centímetros de diâmetro.

— *Pérolas?*

Ela assente.

— Como um... *colar?*

Ela confirma de novo e toma um gole da bebida.

— Você tem a tatuagem de um colar feminino nas costas, Silas. — Ela está sorrindo. — Bem típico de um lenhador.

Charlie está adorando isso.

— Bem, pois é. E você tem árvores nas costas. Não é nada para se gabar. Você vai acabar ficando com cupim.

Ela ri bem alto, o que me faz rir também. Ela mexe o canudo na bebida e olha para o copo.

— Conhecendo quem sou... — Ela para. — Conhecendo *Charlie*, ela só teria feito uma tatuagem que tivesse um significado importante para ela. Tinha que ser alguma coisa que ela *nunca* enjoaria. Algo que *jamais* deixaria de amar.

Percebo as duas palavras familiares na frase dela.

— Nunca jamais — sussurro.

Ela olha para mim, reconhecendo a frase que repetimos um para o outro no vídeo. Ela inclina a cabeça para o lado.

— Acha que tem alguma coisa a ver com você? Com Silas? — Ela balança a cabeça, discordando silenciosamente da minha sugestão, mas começo a rolar a tela do celular. — Charlie não seria tão burra assim — acrescenta ela. — Ela não tatuaria na pele algo que tivesse relação com um garoto. Além disso, o que árvores têm a ver com você?

Encontro exatamente o que estava procurando, e, por mais que eu tente ficar sério, não consigo conter o sorriso. Sei que é um sorriso convencido e provavelmente não devia olhar desse jeito para ela, mas não consigo conter. Entrego o celular para ela, que olha para a tela e lê em voz alta.

— Origina-se de um nome grego que significa *florestas* ou *árvores*. — Ela olha para mim. — Então é o significado de um nome?

Assinto. *Continuo convencido.*

— Role para cima.

Ela obedece e então entreabre os lábios, arfando.

— Derivado do termo grego Silas.

Sua boca se fecha bruscamente, e sua mandíbula fica tensa. Ela me devolve o celular e fecha os olhos. Sua cabeça se move devagar para a frente e para trás.

— Ela tatuou o significado do seu *nome*?

Como esperado, ela finge estar desapontada consigo mesma.

Como esperado, me sinto vitorioso.

— *Você* tatuou — digo, apontando meu dedo para ela. — A tatuagem está em *você*. Na *sua* pele. O *meu* nome.

Não consigo tirar o sorriso idiota do rosto. Ela revira os olhos mais uma vez, bem na hora em que colocam a comida na nossa frente.

Empurro o prato para o lado e procuro o significado do nome Charlie. Não encontro nada que possa significar pérolas. Depois de alguns minutos, ela finalmente suspira e diz:

— Tente Margaret. Meu segundo nome.

Procuro esse nome e leio os resultados em voz alta.

— Margaret, do termo grego que significa *pérola*.

Deixo o telefone na mesa. Não sei por que parece como se eu tivesse acabado de ganhar uma aposta, mas me sinto vitorioso.

— Que bom que você vai escolher um nome novo para mim — diz ela, inexpressiva.

Nem morto vou fazer isso.

Puxo o prato para perto de mim e pego uma batata frita. Aponto-a para ela e pisco.

— Estamos marcados. Você e eu. Estamos tão *apaixonados*, Charlie. Já está sentindo? Faço seu coração bater mais rápido?

— Essas tatuagens não são *nossas* — retruca ela.

Balanço a cabeça.

— Marcados — repito. Ergo o indicador como se estivesse gesticulando por cima do ombro dela. — Bem aqui. Permanentemente. Para sempre.

— *Meu Deus* — resmunga ela. — Cale a boca e coma seu hambúrguer.

E faço isso. Como ele inteirinho com um sorriso convencido.

*

— E agora? — pergunto, me recostando no banco.

Ela mal tocou na comida, e tenho certeza de que acabei de quebrar algum recorde, considerando a rapidez com que comi a minha.

Charlie olha para mim, e, pela sua expressão receosa, sei que ela já sabe o que quer fazer em seguida, só não quer dizer o que é.

— O que foi?

Ela estreita os olhos.

— Não quero uma resposta engraçadinha para o que estou prestes a sugerir.

— Não, Charlie — digo imediatamente. — A gente não vai fugir hoje à noite para se casar. Por enquanto as tatuagens já bastam como sinal de compromisso.

Dessa vez ela não revira os olhos com a minha piada. Ela suspira, derrotada, e se recosta no banco

Odeio sua reação. Gosto bem mais quando ela revira os olhos para mim.

Estendo o braço por cima da mesa e cubro sua mão com a minha, massageando meu dedão no dela.

— Desculpe — digo. — O sarcasmo faz isso tudo parecer bem menos assustador. — Afasto a mão da dela. — O que você ia dizer? Estou prestando atenção. Juro. Promessa de lenhador.

Ela ri, revirando os olhos sutilmente, e me sinto aliviado. Ela olha para mim, se remexe na cadeira e começa a brincar com o canudo de novo.

— A gente passou por algumas lojas de... *tarô*. Acho que talvez devêssemos pedir uma leitura.

Nem me surpreendo com seu comentário. Só assinto e tiro a carteira do bolso. Deixo dinheiro suficiente para a conta e me levanto.

— Concordo — digo, estendendo o braço e seguro sua mão. Na verdade, eu *não* concordo, mas estou me sentindo mal. Esses dois últimos dias foram exaustivos, e sei que ela está cansada. O mínimo que posso fazer é facilitar as coisas para ela, mesmo sabendo que enganações idiotas como essa não vão resolver nada.

Passamos por alguns tarólogos durante nossa busca, mas Charlie nega com a cabeça toda vez que indico algum. Não sei ao certo o que ela está procurando, mas gosto bastante de andar pelas ruas com ela, então não estou reclamando. Ela está segurando minha mão, e às vezes coloco o braço ao seu redor e a puxo para o meu corpo quando os caminhos ficam estreitos demais. Não sei se ela percebeu, mas estou nos levando desnecessariamente por vários caminhos estreitos. Toda vez que vejo alguma multidão, sigo direto para lá. Afinal, ela continua sendo meu plano reserva.

Depois de mais meia hora andando, parece que estamos chegando no fim do French Quarter. O aglomerado de gente começa a diminuir, me deixando com menos desculpas para puxá-la para perto de mim. Passamos por algumas lojas que já fecharam. Quando chegamos à St. Philip Street, ela para na frente da vitrine de uma galeria de arte.

Fico ao lado dela olhando a exposição iluminada lá dentro. Há algumas partes do corpo humano de plástico suspensas no teto, e animais marinhos metálicos gigantescos pendurados na parede. A obra principal, que está bem na nossa frente, é um pequeno cadáver... usando colar de pérolas.

Ela bate o dedo no vidro, apontando para aquilo.

— Olha só — diz ela. — Sou eu.

Ela ri e desvia a atenção para algum lugar dentro da galeria.

Não estou mais olhando para o cadáver. Não estou mais olhando para dentro da galeria.

Estou olhando para ela.

As luzes dentro da galeria iluminam sua pele, lançando-lhe um brilho que realmente a deixa parecida com um anjo. Quero passar a mão nas suas costas e tateá-la à procura de asas.

Ela olha de um objeto para outro, observando tudo que está atrás da vitrine. Observa confusa para cada peça. Faço uma anotação mental de que devo trazê-la aqui quando a galeria estiver aberta. Nem consigo imaginar como ela ficaria se pudesse de fato tocar nas obras.

Ela fica encarando a vitrine por mais alguns minutos, e continuo observando Charlie, mas dou dois passos e fico bem atrás dela. Quero ver sua tatuagem novamente agora que sei o significado. Encosto em seu cabelo e o jogo para a frente, por cima do ombro. Fico esperando que ela afaste minha mão com um tapa, mas, em vez disso, ela inspira rapidamente pela boca e olha para os próprios pés.

Sorrio, lembrando o que senti quando ela passou os dedos por minha tatuagem. Não sei se a faço sentir o mesmo, mas ela fica parada, permitindo que meus dedos deslizem pra dentro da gola da sua camisa mais uma vez.

Engulo em seco o que parece ser três batidas do meu coração. Será que ela sempre causou esse efeito em mim?

Puxo sua camisa para baixo, revelando a tatuagem. Sinto uma pontada na barriga porque odeio que a gente não tenha essa lembrança. Quero me lembrar da conversa que tivemos quando decidimos tomar uma decisão tão permanente como essa. Quero recordar quem teve a ideia. Quero me lembrar dela no momento em que a agulha perfurou sua pele pela primeira vez. Quero recordar o que sentimos quando acabou.

Passo o dedo pelas silhuetas das árvores enquanto curvo o resto da mão em cima do seu ombro, sobre sua pele, que está toda arrepiada mais uma vez. Ela inclina a cabeça para o lado e deixa escapar um gemido bem baixinho.

Fecho os olhos.

— Charlie? — Minha voz sai rouca. Pigarreio para que ela volte ao normal. — Mudei de ideia — continuo baixinho. — Não quero escolher um nome novo pra você. Agora acho que amo seu nome antigo.

Fico esperando.

Esperando sua resposta sarcástica. Sua risada.

Esperando ela afastar minha mão da sua nuca.

Não obtenho nenhuma reação dela. Nada. *O que significa que consegui tudo.*

Mantenho as mãos nas suas costas enquanto contorno seu corpo lentamente. Fico entre a vitrine e ela, que não tirou os olhos do chão. Ela não olha para mim porque sei que não gosta de se sentir vulnerável. E, nesse instante, estou deixando-a frágil. Levo a outra mão até seu queixo e roço os dedos por ele, subindo, inclinando sua cabeça na direção da minha.

Quando nossos olhares se encontram, parece que estou vendo um lado completamente novo dela. Um lado onde não há sua determinação. Um lado desarmado. Um lado que a permite sentir alguma coisa. Quero sorrir e lhe perguntar como é estar apaixonada, mas sei que provocá-la nesse momento a deixaria brava e a faria partir, e não posso permitir que isso aconteça. Não agora. Não quando finalmente vou conseguir catalogar uma lembrança de verdade junto de todas as fantasias que tive com sua boca.

Ela passa a língua pelo lábio inferior, despertando a inveja em mim, porque eu que queria estar fazendo isso.

Na verdade... acho que é o que vou fazer.

Começo a abaixar minha cabeça no mesmo instante em que ela coloca as mãos nos meus antebraços.

— Olhe — diz ela, apontando para o prédio ao lado.

A luz trêmula chamou sua atenção, e quero amaldiçoar o universo pelo simples fato de que uma *lâmpada* acabou de interferir no que estava prestes a se tornar minha lembrança favorita entre as pouquíssimas que tenho.

Acompanho seu olhar até um letreiro de tarólogo que parece igual a todos os outros pelos quais passamos. A única diferença é que esse acabou de arruinar totalmente meu momento com ela. E, *caramba*, estava sendo um momento tão bom. *Maravilhoso*. Sei que Charlie também estava sentindo o mesmo, e não faço ideia de quanto tempo vou demorar para conseguir aquilo de novo.

Ela vai andando até o tarólogo. Sigo atrás dela feito um cachorrinho apaixonado.

O prédio não tem nenhum nome, o que me leva a perguntar o que foi que a lâmpada idiota e fajuta fez para desviar a atenção dela da minha boca. As únicas palavras que indicam que é uma loja são as placas de "Proibido Câmeras" coladas em todas as janelas escuras.

Charlie encosta na porta e a empurra. Entro depois dela, e logo estamos no que parece ser uma loja turística de souvenirs de vudu. Há um homem atrás do caixa, e algumas pessoas dando uma olhada no que tem nos corredores.

Tento assimilar tudo enquanto sigo Charlie dentro da loja. Ela toca em tudo, encostando nas pedras, nos ossos, nas jarras com bonecas de vudu em miniatura. Percorremos em silêncio todos os corredores até chegarmos a uma parede nos fundos. Charlie para imediatamente, segura minha mão e aponta para uma foto na parede.

— Aquele portão — diz ela. — Você tirou uma foto daquele portão. Está pendurada na minha parede.

— Posso ajudá-los?

Nós dois nos viramos e deparamos com um homem enorme — *gigantesco* — de alargador nas orelhas e piercing no lábio, nos encarando.

Quero pedir desculpas a ele e sair em disparada, mas Charlie tem outros planos.

— Sabe o que esse portão está protegendo? Esse da foto? — pergunta ela, apontando por cima do ombro.

O homem olha para a foto. Depois dá de ombros.

— Deve ser novo — responde ele. — Nunca tinha notado.

Ele olha para mim, erguendo a sobrancelha enfeitada com vários piercings. Um deles é um pequeno... *osso? Tem um osso fincado na sobrancelha dele?*

— Vocês dois estão procurando alguma coisa em particular?

Balanço a cabeça e começo a responder, mas minhas palavras são interrompidas por outra pessoa.

— Eles vieram aqui me ver.

Um punho surge no meio da cortina de contas à nossa direita. Uma mulher aparece, e Charlie se encosta imediatamente em mim. Passo o braço ao seu redor. Não sei por que ela está permitindo que esse lugar a assuste. Não parece ser o tipo de pessoa que acredita nessas coisas, mas não estou reclamando. Uma Charlie assustada significa um Silas muito sortudo.

— Por aqui — diz a mulher, gesticulando para que a gente a acompanhe.

Começo a discordar, mas então lembro que, em lugares como esses... o que importa é o ar teatral. Aqui é Halloween 365 dias por ano. A mulher está apenas interpretando um papel. Ela é como Charlie e eu, fingindo ser quem não somos.

Charlie olha para mim, pedindo permissão silenciosamente para segui-la. Assinto, e seguimos a mulher pela cortina — *toco numa das contas e dou uma olhada mais de perto* — caveiras de plástico. *Belo detalhe.*

O cômodo é pequeno, e todas as paredes são cobertas por grossas cortinas de veludo pretas. Há velas acesas nos cantos, com uma luz trêmula nas paredes, no chão, em nós. A mulher se senta na frente de uma pequena mesa no centro do cômodo, e tem duas cadeiras do outro lado para nós dois. Seguro com firmeza a mão de Charlie enquanto nos acomodamos.

A mulher começa a embaralhar lentamente as cartas de tarô.

— Uma leitura conjunta, presumo? — pergunta ela.

Nós dois assentimos. Ela entrega o baralho a Charlie e pede para ela segurá-lo. Charlie o pega, unindo as mãos ao redor das cartas. A mulher aponta a cabeça para mim.

— Vocês dois. Segurem.

Quero revirar os olhos, mas, em vez disso, estendo a mão e a coloco no baralho junto de Charlie.

— Vocês precisam querer a mesma coisa dessa leitura. Leituras múltiplas podem se sobrepor quando não há coesão. É importante que tenham o mesmo objetivo.

Charlie concorda com a cabeça.

— É o mesmo.

Odeio o desespero na voz dela, como se a gente realmente fosse conseguir alguma resposta. *Não é possível que ela acredite nisso.*

A mulher estende o braço para pegar as cartas das nossas mãos. Seus dedos gélidos roçam nos meus. Afasto a mão e seguro a de Charlie, deixando-a no meu colo.

Ela começa a colocar as cartas na mesa, uma por vez. Todas viradas para baixo. Ao terminar, ela me pede para tirar uma carta do baralho. Quando entrego a ela, a mulher a separa das outras e aponta para a escolhida.

— Esta carta vai dar sua resposta, mas as outras explicam o caminho para sua pergunta.

Ela põe os dedos na carta do meio.

— Esta posição representa sua situação atual.

Ela a vira.

— *Morte?* — sussurra Charlie.

Ela aperta minha mão com mais força.

A mulher olha para Charlie e inclina a cabeça.

— Não é necessariamente algo ruim — diz ela. — A carta da morte representa uma grande mudança. Uma reforma. Vocês dois sofreram alguma perda.

Ela toca em outra carta.

— Esta aqui representa o passado imediato.

Ela a vira, e, antes que eu dê uma olhada na carta, noto os olhos da mulher se estreitarem. Fixo os olhos na carta. *O Diabo.*

— Isso indica que alguma coisa, ou alguém, estava escravizando vocês no passado. Pode representar várias coisas próximas a vocês. Influências dos pais. Um namoro abusivo. — Seus olhos encontram os meus. — Cartas invertidas refletem influência negativa e, apesar de representarem o passado, também podem significar alguma transição atual.

Seus dedos tocam outra carta.

— Esta representa o futuro próximo de vocês.

Ela puxa a carta para si e a vira. Arfa baixinho, e sinto Charlie se retrair. Olho para ela, que está encarando atentamente a mulher, aguardando uma explicação. Parece apavorada.

Não sei que tipo de brincadeira essa mulher está fazendo. mas está começando a me irritar...

— A carta da Torre — diz Charlie. — O que significa?

A mulher vira a carta de volta como se fosse a pior de todo o baralho. Fecha os olhos e solta o ar longamente. Depois abre os olhos com rapidez e encara Charlie.

— Significa... destruição.

Reviro os olhos e me afasto da mesa.

— Charlie, vamos dar o fora daqui.

Ela olha para mim implorando.

— Estamos quase terminando — diz.

Cedo e volto a me aproximar de volta da mesa.

A mulher vira mais duas cartas, explicando-as para Charlie, mas não escuto sequer uma palavra do que ela diz. Meus olhos percorrem o cômodo enquanto tento manter a paciência e deixá-la terminar, mas sinto que estamos perdendo tempo.

A mão de Charlie começa a apertar demais a minha, então volto a prestar atenção na leitura. Os olhos da mulher estão bem fechados, e seus lábios se movem. Está murmurando palavras que não consigo decifrar.

Charlie aproxima-se de mim, e coloco o braço ao seu redor instintivamente.

— Charlie — sussurro, fazendo-a olhar para mim. — Isso é só teatro. Ela é paga para fazer isso. Não fique assustada.

Minha voz deve ter tirado a mulher do transe, num momento muito oportuno. Ela está tamborilando os dedos na mesa, tentando chamar nossa atenção como se não tivesse passado o último minuto e meio no mundo dos sonhos.

Ela toca a carta que tirei do baralho. Seus olhos encontram os meus e depois se fixam nos de Charlie.

— Esta carta — começa ela lentamente. — É a do resultado. Com as outras cartas da leitura, ela responde por que vocês estão aqui.

Ela vira a carta.

A mulher não se mexe. Seus olhos continuam fixos na carta debaixo das pontas dos seus dedos. O cômodo fica sinistramente silencioso, e, como se obedecendo a uma deixa, uma das velas se apaga. *Mais um belo detalhe*, penso.

Olho para a carta do resultado. Não há nenhuma palavra nela. Nenhum título. Nenhuma figura.

A carta está em branco.

Sinto Charlie enrijecer nos meus braços enquanto encara a carta em branco na mesa. Eu me afasto de novo da mesa e faço Charlie se levantar.

— Isso é ridículo — digo bem alto, derrubando acidentalmente minha cadeira.

Não estou furioso porque a mulher está tentando nos assustar. É o trabalho dela. Estou bravo porque ela está assustando Charlie *de verdade*, e mesmo assim mantém essa farsa ridícula.

Seguro o rosto de Charlie nas mãos e fito seus olhos.

— Ela colocou essa carta de propósito para assustá-la, Charlie. É tudo mentira.

Seguro suas mãos e começo a virá-la na direção da saída.

— *Não* existe carta branca no meu tarô — afirma a mulher.

Paro imediatamente e me viro para ela. Não por causa do que disse, mas por causa da *maneira* como falou. Ela parecia estar com medo.

Com medo por nós?

Fecho os olhos e solto o ar. *Ela é atriz, Silas. Fique calmo, cara.*

Abro a porta e puxo Charlie para fora. Só paro de andar quando damos a volta no prédio e chegamos a outra rua. Quando estamos longe da loja e do maldito letreiro que pisca, paro de andar e a puxo para perto de mim. Ela põe os braços ao redor da minha cintura e apoia a cabeça no meu peito.

— Esqueça tudo aquilo — digo, massageando suas costas em círculos para tranquilizá-la. — Videntes, tarô... é tudo ridículo, Charlie.

Ela afasta o rosto da minha camisa e olha para mim.

— Pois é. Tão ridículo quanto acordarmos no colégio sem lembrar nada sobre nós mesmos?

Fecho os olhos e me afasto dela. Passo as mãos no cabelo, deixando a frustração do dia aflorar. Posso brincar o quanto quiser com tudo isso contando piadas. Posso fazer pouco-caso das teorias dela — de leituras de tarô a contos de fadas — só porque não fazem sentido para mim. Mas Charlie tem razão. Nada faz sentido. E, quanto mais tentamos desvendar o mistério, mais eu sinto que estamos perdendo nosso maldito tempo.

Charlie

Ele comprime os lábios e balança a cabeça. Ele quer sair daqui. Dá para perceber sua irritação.

— Talvez a gente devesse voltar lá e fazer perguntas mais detalhadas — sugiro.

— De jeito nenhum — diz ele. — Não vou dar corda para aquilo de novo.

Ele começa a se afastar, e fico considerando voltar. Estou prestes a dar meu primeiro passo na direção da loja quando o letreiro de "Aberto" na janela é desligado. A loja fica escura de repente. Mordo o interior da bochecha. Posso voltar quando estiver sem Silas. Talvez ela converse mais comigo.

— Charlie! — chama ele.

Corro até ele, e voltamos a caminhar um ao lado do outro. Enquanto andamos, conseguimos ver a fumaça saindo da nossa respiração. Quando foi que esfriou tanto? Esfrego as mãos.

— Estou com fome — digo.

— Você está sempre com fome. Nunca vi uma pessoa tão pequena comer tanto.

Ele não se oferece para me levar para comer dessa vez, então continuo andando ao seu lado.

— O que foi que aconteceu ali? — pergunto.

Estou tentando fazer uma piada, mas sinto algo estranho no estômago.

— Alguém tentou assustar a gente. Só isso.

Olho para Silas. Ele está todo confiante, exceto por seus ombros tensos.

— Mas e se ela tiver razão? E se não existisse nenhuma carta branca no tarô?

— Não — responde ele. — Não e pronto.

Mordo o lábio e me afasto de um homem dançando para trás na calçada.

— Não entendo como pode descartar algo tão facilmente considerando nossas circunstâncias — digo entre dentes. — Não acha que...

— Por que a gente não fala sobre outra coisa? — sugere Silas.

— Claro, tipo o que a gente vai fazer no próximo fim de semana? Ou que tal falarmos sobre o que fizemos no *último* fim de semana? Ou talvez a gente possa falar sobre... — Dou um tapa na minha testa. — The Electric Crush Diner.

Como é que me esqueci disso?

— O quê? — pergunta Silas. — O que é isso?

— A gente esteve lá. Eu e você, no último fim de semana. Encontrei uma nota fiscal no bolso da minha calça jeans. — Silas me observa contar tudo isso com uma expressão de leve irritação. — Levei Janette para jantar lá ontem à noite. Um garçom me reconheceu.

— Ei! — grita ele por cima do meu ombro. — Se encostar nela com isso aí, vou quebrar sua cara!

Olho para trás e me deparo com um homem apontando um dedo numa luva de espuma para minha bunda. Ele se afasta ao notar o olhar de Silas.

— Por que não me contou? — pergunta Silas baixinho, voltando a atenção para mim. — Isso não é como uma taróloga, é algo importante.

— Não sei mesmo. Queria ter contado...

Ele segura minha mão, mas dessa vez não é pelo prazer de sentir nossas mãos juntas. Silas me arrasta pela rua enquanto digita algo no celular com a mão livre. Fico impressionada e levemente irritada por ele estar falando comigo dessa forma. Talvez a gente tenha sido um casal em outra vida, mas nessa nem sei seu nome do meio.

— Fica na North Rampart Street — digo para ajudar.

— É.

Ele está zangado. Eu meio que gosto de vê-lo desse jeito emo. Passamos por um parque com uma fonte. Vendedores ambulantes deixaram seus trabalhos artísticos encostados na grade e ficam nos encarando enquanto andamos. Silas dá um passo para cada três que dou. Troto para acompanhar seu ritmo. Andamos muito até meus pés começarem a doer e eu finalmente puxar minha mão da dele.

Ele para e se vira.

Não sei o que dizer, nem por que estou brava, então ponho as mãos no quadril e o fulmino com o olhar.

— Qual é o seu problema? — pergunta ele.

— Não sei! — grito. — Mas você não pode sair por aí me arrastando pela cidade! Não consigo andar tão rápido quanto você. e meus pés estão doendo.

Isso me parece familiar. Por que isso me parece familiar?
Ele desvia o olhar, e consigo ver seus músculos da mandíbula se mexendo. Silas se vira de volta para mim, e tudo acontece depressa. Ele dá dois passos e me pega no colo. Em seguida, começa a andar de novo enquanto balanço levemente em seus braços. Depois do meu grito inicial, eu me acomodo e enlaço os braços em seu pescoço. É bom ficar aqui em cima onde dá para sentir seu perfume e tocar sua pele. Não me lembro de ter visto nenhum perfume nas coisas de Charlie, e duvido que ela teria pensado em passar algum. *O que isso diz sobre Silas?* Que no meio de tudo isso ele pensou em pegar um frasco e borrifar colônia no pescoço antes de sair de casa hoje de manhã. Será que ele sempre foi o tipo de pessoa que se importa com as pequenas coisas?

Enquanto penso nisso, Silas para e pergunta a uma mulher que caiu na rua se está tudo bem. Ela está bêbada e atrapalhada. Ao tentar se levantar, ela pisa na bainha do vestido e cai de novo. Silas me põe na calçada e vai ajudá-la.

— Está sangrando? Machucou? — pergunta ele.

Ele a ajuda a se levantar, e a acompanha até onde estou esperando. Ela fala de maneira embolada e dá um tapinha na bochecha dele. Eu me pergunto se ele sabia que ela era mendiga quando foi ajudá-la. Eu não encostaria nela. Essa mulher fede. Eu me afasto dos dois e fico olhando ele observá-la. Está preocupado. Fica a encarando até ela entrar na próxima rua, e depois vira a cabeça para me procurar.

Neste exato momento, justo agora, compreendo muito bem quem Charlie é. Não é tão boa quanto Silas. Ela o ama porque ele é muito diferente dela. Talvez seja por isso que ficou com Brian, por não conseguir ser tão boa quanto ele.

Assim como eu não consigo.

Ele me dá um sorriso. Acho que ficou envergonhado por eu ter visto ele preocupado.

— Pronta?

Quero dizer que o que ele fez foi legal, mas legal é uma palavra tão boba para se referir à bondade. Qualquer um pode fingir ser legal. O que Silas fez foi algo inato. Uma bondade descarada. Não tive nenhum pensamento desse tipo. Lembro--me da garota na minha aula naquela manhã, que derrubou os livros aos meus pés. Ela olhou assustada para mim. Esperava que eu não fosse ajudar. E mais. O que mais?

Silas e eu andamos em silêncio. Ele olha o celular de poucos em poucos minutos para conferir se estamos indo na direção certa, e confiro seu rosto. Será que isso é ter uma quedinha por alguém? Ver um homem ajudar uma mulher pode despertar esse tipo de sentimento? E então chegamos. Ele aponta para o outro lado da rua, e eu assinto.

— Sim, é ali.

Mas quase que não é. O restaurante se transformou desde que estive ali com Janette. Está barulhento e vibrando. Há homens enfileirados na calçada, fumando, que se afastam para a gente passar. Consigo sentir o baixo reverberar nos meus tornozelos quando paramos diante das portas. Elas se abrem para a gente assim que um grupo sai. Uma garota passa rindo ao meu lado, e seu casaco de pele rosa toca no meu rosto. Lá dentro, as pessoas defendem o próprio espaço abrindo os cotovelos e jogando o quadril para a frente. Elas nos fulminam com o olhar quando passamos. *Esse espaço é meu, sai fora. Estou esperando o resto do meu grupo, continue andando.* Passamos por alguns assentos vazios, pois preferimos entrar mais no estabelecimento. Abrimos caminho em meio à multidão, andando de lado e estremecendo quando gargalhadas estridentes irrompem perto da gente. Uma bebida é derramada nos meus sapatos, e alguém pede desculpa. Nem sei quem, pois está escuro demais. E então uma pessoa chama nossos nomes.

— Silas! Charlie! Aqui!

Um garoto e... quem era a garota que me deu carona hoje de manhã? Annie... Amy?

— Oi — diz ela, quando nos aproximamos. — Não acredito que vocês voltaram aqui depois do fim de semana passado.

— Por que a gente não voltaria? — pergunta Silas.

Eu me sento no lugar que me indicam, e fico encarando os três.

— Você dá um soco num cara, vira duas mesas e ainda pergunta por que não voltaria aqui? — comenta o garoto, rindo.

Acho que ele é o namorado de Annie/Amy pela maneira que olha para ela, como se os dois estivessem dividindo algo. Talvez a vida.

É como Silas e eu nos olhamos. Mas a gente está mesmo dividindo algo.

— Você foi o maior idiota — diz ela.

— Amy — repreende o outro garoto. — Não.

Amy!

Quero saber mais sobre a pessoa em que Silas bateu.

— Ele mereceu — afirmo. Amy ergue uma sobrancelha e balança a cabeça. Ela está com medo de falar o que quer que esteja pensando, pois se vira. Tento com o namorado dela. — Não acha? — pergunto com um jeito inocente.

Ele dá de ombros e vai se sentar ao lado de Amy. *Os dois têm medo de mim*, penso, *mas por quê?*

Peço uma Coca. Amy vira a cabeça imediatamente para me olhar depois de me escutar.

— Coca normal? E não diet?

— E eu tenho cara de quem precisa tomar diet? — retruco.

Ela encolhe o corpo. Não sei de onde veio essa minha reação, juro por Deus. Nem sei quanto peso. Decido ficar quieta e deixar para Silas o papel de detetive antes que eu ofenda alguém de novo. Ele se senta perto do namorado de Amy, e os dois começam a conversar. É impossível escutar a conversa por causa da música, e Amy está fazendo o possível para não olhar para mim, então fico observando as pessoas. As pessoas... todas têm memória... elas sabem quem são. Que inveja.

— Vamos, Charlie — diz Silas, parado do meu lado, esperando.

Amy e o namorado estão nos observando do outro lado da mesa. É uma mesa grande, e me pergunto quem mais vai se juntar a eles e quantas dessas pessoas me odeiam.

Saímos do restaurante e voltamos para a rua. Silas pigarreia.

— Eu briguei com alguém.

— Foi o que fiquei sabendo — digo. — Eles contaram com quem foi a briga?

— Contaram.

Fico esperando, e, como ele não me conta, insisto:

— E...?

— Dei um soco na cara do dono. O pai de Brian.

Viro a cabeça rapidamente.

— Hã?

— Pois é — diz ele, esfregando a barba por fazer no queixo, pensativo. — Porque ele fez um comentário sobre você...

— Sobre mim?

Fico enjoada. Ao mesmo tempo sei e não sei o que vou ouvir.

— Ele me disse que ia contratá-la como garçonete...

Ok, não é nada tão ruim assim. A gente precisa do dinheiro.

— Porque você era namorada do Brian. Então dei um soco na cara dele, acho.

— Caramba.

— Pois é. Aquele garoto, Eller, disse que a gente precisava ir embora antes que o pai de Brian chamasse a polícia.

— A polícia? — repito.

— Acho que meu pai e o de Brian fizeram alguns trabalhos juntos. Ele concordou em não prestar queixa semana passada por causa disso, mas não posso voltar nesse lugar. Além disso, Landon está ligando para várias pessoas atrás de mim. Pelo jeito meu pai está querendo saber por que saí no meio do treino. Todo mundo está bem furioso com isso.

— Xiii — digo.

— Pois é, xiii — responde ele, como se não se importasse.

Nós voltamos pelo mesmo caminho, em silêncio. Passamos por alguns artistas de rua que não tínhamos notado antes. Dois deles parecem um casal. O homem toca uma gaita de fole, e a mulher desenha na calçada com giz colorido. Passamos por cima dos desenhos, olhando para baixo, examinando-os. Silas pega a câmera e tira algumas fotos enquanto vejo a mulher transformar algumas linhas num casal se beijando.

Um casal se beijando. O que me lembra de uma coisa.

— A gente precisa se beijar — digo para ele.

Ele quase deixa o celular cair, e se vira para mim com os olhos arregalados.

— Para ver se alguma coisa acontece... como nos contos de fadas que comentei.

— Ah — diz ele. — Sim, claro. Está bem. Onde? Agora?

Reviro os olhos e me afasto dele, seguindo na direção de uma fonte perto de uma igreja. Silas vem atrás. Quero ver seu rosto, mas não olho. São apenas negócios. Não posso transformar em algo mais. É um experimento. Só isso.

Ao chegarmos na fonte, nós dois nos sentamos na beirada. Não quero fazer isso desse jeito, então me levanto e me viro para ele.

— Tá bom — digo, parando na frente dele. — Feche os olhos.

Ele obedece, mas está sorrindo.

— Continue de olhos fechados — instruo.

Não quero que ele me veja. Mal sei qual é a minha aparência. Não faço ideia se meu rosto se contorce sob pressão.

A cabeça dele está inclinada para cima, e a minha, para baixo. Ponho as mãos nos seus ombros e sinto suas mãos subirem até minha cintura para me puxar para perto, entre os joelhos dele. Elas deslizam para cima sem nenhum aviso, com os dedos roçando minha barriga e depois se movimentam depressa embaixo do meu sutiã. Meu abdome se contrai.

— Desculpe — diz ele. — Não estou enxergando o que estou fazendo.

Então sorrio e fico contente por ele não estar vendo minha reação.

— Coloque as mãos de volta na minha cintura — ordeno.

Ele desce demais as mãos e suas palmas vão parar na minha bunda. Ele dá uma leve apertada, e bato no seu braço.

— O que foi? — Silas ri. — Não estou enxergando!

— Para cima — ordeno. Ele desliza as mãos um pouco para cima, mas lentamente. Fico arrepiada até os dedos dos pés. — Suba mais — digo de novo.

Ele sobe mais meio centímetro.

— Isso...

Antes que ele consiga completar a frase, abaixo o rosto e lhe dou um beijo. No início ele está sorrindo, ainda fazendo seu joguinho, mas, ao sentir meus lábios, seu sorriso se dissolve.

Sua boca é macia. Levo as mãos até seu rosto e o seguro enquanto ele me puxa com mais força, colocando os braços ao redor das minhas costas. Estou beijando com a cabeça para baixo, e ele, para cima. A princípio, só quero dar um selinho rápido nele. É tudo o que aparece nos contos de fadas: um selinho rápido, e a maldição é quebrada. Se isso fosse dar certo, a gente já teria recuperado nossas memórias a essa altura. O experimento já devia ter acabado, mas nenhum de nós para.

Ele beija usando seus lábios macios e sua língua firme. Não é molhado nem atrapalhado, a língua entra e sai da minha boca sensualmente enquanto seus lábios chupam os meus com delicadeza. Percorro os dedos por sua nuca e seu cabelo, e então ele se levanta, me obrigando a dar um passo para trás e mudar de posição. Disfarço muito bem o suspiro que dou.

Agora estou beijando com a cabeça para cima, e ele, para baixo. Mas ele está me segurando próximo ao seu corpo, com o braço ao redor da minha cintura e a outra mão na minha nuca. Eu me agarro à sua camisa, tonta. Lábios macios, se arrastando... a língua entre os meus lábios... pressão nas minhas costas... certa urgência entre a gente me faz sentir uma profusão de calor. Eu me afasto, ofegante.

Fico parada olhando para ele, que retribui meu olhar.

Alguma coisa aconteceu. Não foram nossas lembranças que despertaram, é outra coisa que está nos deixando desnorteados.

E, enquanto estou parada aqui, querendo que ele me beije de novo, percebo que é exatamente isso que não deve acontecer. Vamos ficar querendo mais de nós dois, como novo casal, e acabaremos perdendo foco.

Ele desce a mão pelo próprio rosto, como se pretendesse ficar sóbrio. Sorri.

— Não me importo como foi nosso primeiro beijo de verdade — diz ele. — É desse que quero me lembrar.

Fico observando seu sorriso por tempo suficiente para não esquecer, depois me viro e vou embora.

— Charlie! — grita ele.

Ignoro-o e continuo andando. Que burrice. No que eu estava pensando? Um beijo não vai trazer nossas lembranças de volta. Não estamos num conto de fadas.

Ele agarra meu braço.

— Ei. Espere aí — diz ele. — No que está pensando?

Continuo andando na direção pela qual sei que viemos.

— Estou pensando que preciso ir pra casa. Preciso conferir se Janette jantou... e...

— Sobre *nós dois*, Charlie.

Sinto que ele está me encarando.

— *Nós dois* não existe — afirmo, olhando nos olhos dele.

— Não ficou sabendo? É óbvio que a gente tinha terminado e eu estava ficando com Brian. O pai dele ia me dar um emprego. Eu...

— A gente era um casal, Charlie. E, puta merda, dá para entender o motivo.

Balanço a cabeça. *Não podemos perder o foco.*

— Esse foi nosso primeiro beijo — digo. — Podia ser assim com qualquer pessoa.

— Então você sentiu o mesmo que eu? — pergunta ele, rapidamente dando a volta em mim para ficar na minha frente.

Considero contar a verdade. Que eu estava morta como a Branca de Neve e que, quando ele me beijou daquele jeito, meu coração com certeza voltou a bater. Que eu mataria um dragão para ganhar aquele beijo.

Mas não temos tempo para nos beijar assim. Precisamos descobrir o que aconteceu e como desfazer tudo isso.

— Não senti nada — digo. — Foi só um beijo e não funcionou. — *Uma mentira tão terrível que faz meu corpo arder por dentro.* — Preciso ir embora.

— Charlie...

— Vejo você amanhã.

Ergo a mão por cima da cabeça e aceno porque não quero me virar e olhar para Silas. Estou com medo. Quero ficar com ele, mas não é uma boa ideia. Não até a gente entender mais isso tudo. Como acho que ele vai vir atrás de mim, chamo um táxi. Abro a porta e olho para Silas querendo mostrar que estou bem. Ele assente e ergue o celular para tirar uma foto minha. *A primeira vez que ela me deixou,* ele deve estar pensando. Em seguida, enfia as mãos nos bolsos e se vira na direção do seu carro.

Espero até ele passar da fonte e me inclino para falar com o motorista.

— Desculpe, mudei de ideia.

Bato a porta e retorno para o meio-fio. De qualquer jeito, nem tenho dinheiro para o táxi. Vou voltar para o restaurante e pedir carona a Amy.

O motorista desvia o carro, e sigo curvada por uma rua diferente para Silas não me ver. Preciso ficar sozinha. Preciso pensar.

Silas

Mais uma maldita noite maldormida. Mas dessa vez não perdi o sono porque estava preocupado comigo mesmo nem com o que fez Charlie e eu perdermos a memória. Fiquei sem sono porque eu só conseguia pensar em duas coisas: no nosso beijo e na reação de Charlie.

Não sei por que ela se afastou nem por que preferiu pegar um táxi em vez de voltar comigo. Pela sua reação durante o beijo, deu para perceber que ela sentiu o mesmo que eu. Claro que não foi como os beijos dos contos de fadas, capazes de quebrar uma maldição, mas não acho que nenhum de nós estivesse realmente esperando que isso acontecesse. Não sei se tínhamos alguma expectativa para o beijo, acho que só um pouco de esperança.

O que eu não esperava de jeito nenhum era que tudo fosse ficar em segundo plano no instante em que seus lábios tocassem os meus, mas foi exatamente o que aconteceu. Parei de pensar no motivo pelo qual a gente estava se beijando, e em tudo o que aconteceu durante o dia. Só consegui pensar em como ela agarrava minha camisa, me puxando para perto, querendo mais. Escutei seus breves suspiros entre os beijos, porque, assim que nossas bocas se encostavam, nós dois ficávamos sem fôlego. E apesar de ela ter interrompido o beijo e se afastado, percebi sua expressão atordoada e a maneira que seus olhos se fixaram na minha boca.

No entanto, apesar de tudo isso, ela ainda assim se virou e foi embora. Mas, se aprendi uma coisa sobre Charlie nesses últimos dois dias, é que toda ação dela tem uma justificativa. E, como costuma ser boa, não tentei detê-la.

Recebo uma mensagem no celular e quase caio ao sair do chuveiro para pegar o aparelho. Não tive notícias dela desde que nos afastamos ontem à noite, e eu estaria mentindo se dissesse que não estou começando a ficar preocupado.

Minha esperança se esvai quando vejo que a mensagem não é de Charlie. É de Eller, o garoto com quem conversei no restaurante ontem à noite.

Eller: Amy quer saber se Charlie foi com você para o colégio. Ela não está em casa.

Desligo o chuveiro, apesar de nem ter tirado o sabão do corpo. Pego a toalha com uma das mãos e respondo a mensagem com a outra.

Eu: Não, nem saí de casa ainda. Amy tentou ligar para ela?

Assim que mando a mensagem, disco o número de Charlie, coloco no viva-voz e deixo o celular no balcão. Já me vesti quando a ligação cai na caixa postal.

— Merda — murmuro ao desligar.

Abro a porta e passo no quarto só para calçar os sapatos e pegar as chaves. Desço, mas fico paralisado antes de chegar na porta da casa.

Tem uma mulher na cozinha. E não é Ezra.

— Mãe?

A palavra sai da minha boca antes mesmo de eu me dar conta de que estou falando. Ela se vira, e apesar de eu só reconhecê-la das fotos na parede, acho que posso sentir alguma coisa. Não sei o quê. Mas não sinto amor nem reconhecimento. Sou tomado apenas por uma sensação de calma.

Não... de *conforto*. É isso que estou sentindo.

— Oi, querido — diz ela, com um sorriso alegre que chega até os cantos dos seus olhos. Ela está preparando o café da manhã, ou talvez esteja apenas limpando a cozinha depois de prepará-lo. — Viu a correspondência que deixei na sua cômoda ontem? E como está se sentindo?

Landon se parece mais com ela do que eu. Seu maxilar é suave, como o dela. O meu é forte, como o do meu pai. Landon também age como ela. Como se estivessem de bem com a vida

Ela inclina a cabeça e se aproxima de mim.

— Silas, você está bem?

Eu me afasto quando ela tenta encostar a mão na minha testa.

— Estou.

Ela põe a mão no peito como se estivesse magoada por eu ter me afastado.

— Ah — diz ela. — Está bem. Que bom. Já faltou aula esta semana e você tem jogo hoje à noite. — Ela volta para a cozinha.

— Não devia voltar para casa tão tarde quando está doente.

Fico encarando sua nuca, me perguntando por que ela diria isso. É a primeira vez que a vejo desde que tudo começou. Ezra, ou meu, pai deve ter contado para ela que Charlie esteve aqui.

Eu me pergunto se Charlie ter vindo aqui a deixou chateada. Queria saber se minha mãe e meu pai têm a mesma opinião sobre ela.

— Agora estou me sentindo bem — respondo. — Estava com Charlie ontem à noite, por isso cheguei tarde.

Ela não reage ao comentário que fiz para provocá-la. Sequer olha para mim. Aguardo mais alguns segundos esperando que ela responda. Como isso não acontece, eu me viro e sigo para a porta de casa.

Landon já está sentado no banco do carona quando chego no carro. Abro a porta de trás e jogo a mochila lá dentro. Quando abro a da frente, ele estende a mão para mim.

— Estava tocando. Achei debaixo do banco.

Pego o celular da mão dele. É de Charlie.

— Ela deixou o celular no meu carro?

Landon dá de ombros. Fico encarando a tela, que registra várias ligações perdidas e mensagens recebidas. Vejo os nomes de Brian e de Amy. Tento destravá-lo, mas pede uma senha.

— Entre logo na porcaria do carro, já estamos atrasados!

Entro no carro e coloco o celular de Charlie no console enquanto dou ré. Ao pegá-lo novamente para tentar descobrir a senha, Landon o arranca das minhas mãos.

— Não aprendeu nada com a batida ano passado?

Ele põe o celular de volta no console.

Estou inquieto. Não gosto que Charlie esteja sem celular. Não gosto que ela não tenha ido para o colégio com Amy. Se ela já tinha saído de casa antes de Amy chegar lá, com quem ela foi para a escola? Não sei ao certo como vou reagir se descobrir que ela pegou carona com Brian.

— A minha intenção é a melhor possível... — diz Landon. Olho para ele, para sua expressão de cautela. — Mas... Charlie está grávida?

Piso nos freios. Por sorte, o sinal à nossa frente fica vermelho, então minha reação acaba parecendo proposital.

— Grávida? Por quê? Por que você perguntaria isso? Alguém contou isso pra você?

Landon balança a cabeça.

— Não, é só que... não sei. Estou tentando entender o que diabo está acontecendo com você, e essa parecia a única resposta compreensível.

— Perdi o treino ontem, e você acha que é porque Charlie está grávida?

Landon ri baixinho.

— É mais do que isso, Silas. É tudo. Você brigando com Brian, os treinos que faltou durante a semana, ter matado metade das aulas de segunda, todas de terça e metade de novo na quarta. Você não é assim.

Matei aula esta semana?

— E também você e Charlie têm se comportado de um jeito estranho quando estão juntos. Não andam agindo normalmente. Você se esqueceu de me buscar depois do colégio, ficou fora de casa até mais tarde do que podia em dia de aula. Você está muito estranho esta semana, e não sei se quer me contar o que diabo está acontecendo, mas estou começando a ficar preocupado de verdade.

Vejo o desapontamento surgir em seus olhos.

Nós dois éramos próximos. Ele com certeza é um bom irmão, dá para perceber. Está acostumado a saber todos os meus segredos, o que eu penso. Eu me pergunto se não é nesse momento, no caminho para o colégio ou voltando para casa, que a gente conversa sobre essas coisas. Queria saber o que aconteceria se eu contasse a ele o que realmente estou pensando... se ele sequer acreditaria em mim.

— O sinal ficou verde — diz ele, virando-se para a frente.

Recomeço a dirigir, mas não conto nenhum segredo para ele. Não sei o que dizer, nem como começar a contar a verdade. Só sei que não quero mentir para ele, porque não parece algo que o antigo Silas faria.

Quando paro numa vaga, ele abre a porta e sai.

— Landon — digo antes que ele a feche. Ele se inclina para baixo e olha para mim. — Desculpe. Estou tendo uma semana difícil, só isso.

Ele assente, pensativo, e volta a atenção para o colégio. Move a mandíbula para a frente e para trás e depois encara os meus olhos de novo.

— Espero que sua semana volte ao normal antes do jogo de hoje — diz ele. — Tem muita gente no time furiosa com você.

Ele bate a porta e começa a andar na direção do colégio. Pego o celular de Charlie e vou lá para dentro.

*

Não a encontrei nos corredores, então fui para minhas duas primeiras aulas. Estou indo para a terceira e ainda não recebi nenhuma notícia dela. Tenho certeza de que perdeu a hora e vou vê-la na quarta aula, que fazemos juntos. Mas... alguma coisa me parece errada. Tudo parece estranho.

Pode ser que ela esteja só me evitando, mas não me parece algo que faria. Ela não teria tanto trabalho para que eu soubesse que não quer falar comigo. Ela simplesmente diria isso na minha cara.

Vou até o armário pegar o livro de matemática para a terceira aula. Eu até poderia conferir o armário dela para ver se tem algum livro faltando, mas não sei a senha. Estava escrita no seu horário, mas, dei para ela ontem.

— Silas!

Quando me viro, vejo Andrew abrindo caminho em meio à multidão feito um peixe nadando contra a corrente. Ele finalmente desiste e grita:

— Janette quer que você ligue para ela!

Ele se vira e volta a andar na direção oposta.

Janette... Janette... Janette...

A irmã de Charlie!

Encontro o nome dela nos contatos do meu celular. Ela atende no primeiro toque.

— Silas? — pergunta ela.

— Sim, sou eu.

— Charlie está com você?

Fecho os olhos, sentindo o pânico surgir no fundo do meu estômago.

— Não — respondo. — Ela não voltou para casa ontem à noite?

— Não — diz Janette. — Eu não costumo ficar preocupada, mas ela normalmente me avisa quando não vai dormir em casa. Ela não ligou e não está respondendo às minhas mensagens.

— Estou com o celular dela.

— Por quê?

— Ela esqueceu no meu carro — digo. Fecho o armário e começo a ir para a saída. — A gente discutiu ontem à noite, e ela pegou um táxi. Achei que ia direto para casa.

Paro de andar quando a ficha cai. Ela nem tinha dinheiro para almoçar ontem, o que significa que também não tinha dinheiro para pegar um táxi.

— Estou saindo da escola — digo a Janette. — Vou encontrá-la.

Desligo antes mesmo que ela tenha tempo de responder. Saio em disparada pelo corredor na direção da porta que leva ao estacionamento, mas, assim que viro no corredor, paro bruscamente.

Avril.

Merda. Agora não é a hora para isso. Tento abaixar a cabeça e passar direto por ela, mas a menina agarra a manga da minha camisa. Paro de andar e me viro para ela.

— Avril, não posso fazer isso agora. — Aponto para a saída. — Preciso sair. É meio que uma emergência.

Ela solta minha camisa e cruza os braços no peito.

— Ontem você não apareceu durante a hora do almoço. Achei que estava atrasado, mas, quando fui dar uma olhada no refeitório, lá estava você. Com *ela*.

Meu Deus, não tenho tempo para isso. Na verdade, acho que vou me poupar de futuros problemas e terminar logo tudo agora.

Suspiro e passo a mão no cabelo.

— É — digo. — Charlie e eu... a gente decidiu se acertar.

Avril inclina a cabeça e me lança um olhar incrédulo.

— *Não*, Silas. Isso não é o que você quer, e de jeito nenhum é o melhor para mim.

Olho para o corredor à minha esquerda e depois à direita. Quando percebo que não tem ninguém por perto, dou um passo para perto dela.

— Escute, Srta. Ashley — digo, tomando o cuidado de tratá-la de forma profissional. Fixo meu olhar no dela. — Não acho que você esteja na posição de definir o que vai acontecer entre nós dois.

Ela estreita os olhos imediatamente. Fica em silêncio por vários segundos como se estivesse esperando que eu fosse rir e dizer que estou brincando. Como não cedo, ela bufa e empurra meu peito, me tirando do caminho. O barulho do seu salto alto começa a diminuir à medida que me afasto correndo dela, seguindo para a saída.

*

Estou batendo na porta da casa de Charlie pela terceira vez quando ela finalmente é escancarada. A mãe dela surge na minha frente. Cabelo bagunçado, olhos ainda mais loucos. É como se ódio jorrasse da alma dela no instante em que percebe que estou parado aqui.

— O que você quer? — pergunta ela de maneira hostil.

Tento olhar atrás dela para ver dentro da casa. Ela se move para bloquear minha visão, por isso aponto por cima do seu ombro.

— Preciso falar com Charlie. Ela está?

A mãe dela dá um passo para fora e fecha a porta para que eu não possa ver nada da casa.

— Não é da sua conta — sussurra ela. — Dê o fora da minha propriedade!

— Ela está aqui ou não?

Ela cruza os braços no peito.

— Se não der o fora da minha casa em cinco segundos, vou chamar a polícia.

Ergo as mãos na defensiva e solto um gemido.

— Estou preocupado com sua filha, então será que pode, por favor, deixar a raiva de lado por um minuto e me dizer se ela está aí?

Ela dá dois passos rápidos na minha direção e põe o dedo no meu peito.

— Não se atreva a elevar a voz para mim!

Meu Deus.

Empurro-a para trás e abro a porta com um chute. A primeira coisa que percebo é o cheiro. O ar está parado. Uma névoa espessa de fumaça de cigarro preenche o ambiente e ataca meus pulmões. Prendo a respiração enquanto passo pela sala. Há uma garrafa de whisky aberta no balcão, ao lado de um copo vazio. A correspondência está espalhada pela mesa. Pelo jeito, são cartas acumuladas de vários dias. Parece que essa mulher nem se dá o trabalho de abri-las. O envelope no topo da pilha está endereçado a Charlie.

Eu me movo para pegá-lo, mas escuto a mulher entrando rapidamente na casa. Sigo pelo corredor e vejo duas portas à minha direita e uma à esquerda. Abro a porta da esquerda no mesmo instante em que a mãe de Charlie começa a gritar atrás de mim. Eu a ignoro e vou até o quarto de Charlie.

— Charlie! — grito.

Dou uma olhada no quarto, pois, por mais que eu saiba que ela não está aqui, tenho esperança de estar errado. Se ela não estiver aqui, não sei mais onde procurar. Não me lembro de nenhum lugar aonde a gente costumasse ir.

Mas nem Charlie lembra, imagino.

— Silas! — grita a mãe dela da porta do quarto. — Saia daqui! Vou chamar a polícia!

Ela desaparece da porta, provavelmente para pegar um telefone. Continuo procurando... nem sei o quê. É óbvio que Charlie não está aqui, mas verifico de qualquer jeito, esperando encontrar alguma coisa que possa ajudar.

Sei qual é o lado de Charlie no quarto por causa da foto do portão em cima da cama dela. A que ela disse que eu tirei.

Procuro alguma pista, mas não encontro nada. Lembro que ela falou alguma coisa sobre um sótão no armário, então dou uma olhada. Há um pequeno buraco no topo dele. Parece que ela usa as prateleiras como degraus.

— Charlie! — chamo.

Nada.

— Charlie, você está aí em cima?

Quando estou conferindo a resistência da prateleira inferior com o pé, sinto alguma coisa bater na lateral da minha cabeça. Eu me viro, mas me abaixo imediatamente ao ver um prato sair voando da mão da mulher. Ele atinge a parede ao lado da minha cabeça.

— Vá embora! — grita ela.

Ela está procurando mais coisas para jogar, então ergo as mãos, me rendendo.

— Estou indo — digo. — Já vou!

Ela se afasta da porta pra me deixar passar. Continua gritando, e sigo pelo corredor. Enquanto ando na direção da porta, pego a carta endereçada a Charlie no balcão. Nem me dou o trabalho de pedir para a mãe de Charlie me ligar se ela aparecer em casa.

Entro no carro e volto para a rua.

Onde ela está, caramba?

Espero me afastar alguns quilômetros, e paro o carro a fim de conferir o celular dela mais uma vez. Landon mencionou que ele enfiou a mão debaixo do banco, então me inclino e enfio a minha ali embaixo. Tiro uma lata de refrigerante vazia, um sapato e finalmente... a carteira dela. Abro e dou uma olhada dentro, mas não encontro nada que eu já não saiba.

Ela está em algum lugar por aí, sem celular nem carteira. Ela não sabe o telefone de ninguém de cor. Se não voltou para casa, para onde foi?

Dou um soco no volante.

— Droga, Silas!

Eu nunca devia ter deixado ela ir embora sozinha.

É tudo culpa minha.

Recebo uma mensagem nova no celular. É de Landon, perguntando por que fui embora do colégio.

Largo o telefone no banco e noto a carta que roubei da casa de Charlie. Não tem endereço de remetente. O carimbo com a data no canto superior diz que é de terça-feira, o dia antes de isso tudo acontecer.

Abro o envelope e encontro várias páginas dentro, dobradas juntas. Na frente está escrito: "Abra imediatamente."

Desdobro as páginas, e meus olhos se fixam imediatamente nos dois nomes escritos no topo da página.

Charlie e Silas,

A carta é para nós dois? Continuo lendo.

Se não sabem por que estão lendo isso, é porque se esqueceram de tudo. Não reconhecem ninguém, nem mesmo vocês próprios.

Por favor, não entrem em pânico e leiam a carta toda. Vamos contar tudo o que sabemos, o que neste momento não é muito.

Hein? Minhas mãos começam a tremer quando continuo a ler.

Não temos certeza do que aconteceu, mas estamos com medo de que aconteça de novo se não escrevermos. Pelo menos com tudo escrito e deixado em mais de um lugar, estaremos mais preparados se acontecer de novo.

Nas páginas seguintes, vocês vão encontrar todas as informações que temos. Talvez ajude de alguma maneira.

Charlie e Silas.

Fico encarando os nomes na parte inferior da página até minha visão ficar embaçada.

Olho os nomes no topo da página de novo. *Charlie e Silas.*

Olho os nomes na parte inferior. *Charlie e Silas.*

Escrevemos uma carta para nós mesmos?

Não faz sentido. Se escrevemos uma carta para nós mesmos...

Viro imediatamente as páginas seguintes. As primeiras duas dizem coisas que já sei. Nossos endereços, telefones. Onde estudamos, quais são nossas aulas, os nomes dos nossos irmãos, dos nossos pais. Leio tudo o mais rápido possível.

Minhas mãos estão tremendo tanto quando chego na terceira página que mal consigo ler o que está escrito. Coloco a página no colo para terminar. São informações mais pessoais: uma lista de coisas que já descobrimos sobre a gente, sobre nosso namoro, há quanto tempo estamos juntos. A carta menciona que Brian é alguém que sempre manda mensagens para Charlie. Pulo as informações familiares até chegar quase no fim da terceira página.

As primeiras lembranças que nós dois temos é de sábado, 4 de outubro, perto das 11 da manhã. Hoje é domingo, 5 de outubro. Vamos fazer uma cópia desta carta para nós mesmos, mas também enviaremos cópias pelos correios de manhã, só para garantir.

Viro para a quarta página, que está com a data de 7 de outubro.

Aconteceu de novo. Desta vez foi durante a aula de história na segunda-feira, 6 de outubro. Parece ter acontecido na mesma hora do dia, 48 horas depois. Não temos nada novo para acrescentar à carta. Fizemos o que podíamos para ficar longe dos nossos amigos e parentes no último dia, fingindo que estávamos doentes. Telefonamos um paro o outro quando descobrimos alguma informação, mas até agora isso parece ter acontecido duas vezes. A primeira foi no sábado, a outra, na segunda-feira. Queríamos ter mais informações, mas ainda estamos um pouco

*assustados por isso estar acontecendo, e não sabemos o
que fazer. Repetiremos o que fizemos da última vez, e
mandaremos cópias desta carta para nós mesmos. Além
disso, terá uma cópia no porta-luvas do carro de Silas.
Foi o primeiro lugar onde procuramos desta vez, então é
provável que vocês procurem lá de novo.*

Eu não tinha conferido o porta-luvas.

*Vamos guardar as cartas originais em segurança para
que ninguém as encontre. Temos medo de que alguém
veja as cartas, ou suspeite de algo, e ache que estamos
enlouquecendo. Tudo estará numa caixa no fundo da
terceira prateleira do armário do quarto de Silas. Se esse
padrão continuar, pode ser que isso aconteça de novo na
quarta-feira, no mesmo horário. Caso se repita, esta carta
vai chegar para vocês dois nesse dia.*

Olho o horário no carimbo do envelope. Foi enviado terça de
manhã bem cedo. E foi na quarta, exatamente às 11 horas da
manhã, que isso aconteceu com a gente.

*Se encontrarem alguma coisa que ajude, acrescentem
na próxima página e continuem fazendo isso até a gente
descobrir a causa de tudo. E como parar.*

Vou para a última página, mas está em branco.
Olho o relógio. São 10h57. É sexta. Isso aconteceu com a
gente há quase 48 horas.

Estou ofegante.

Isso não pode estar acontecendo.

As 48 horas vão terminar em menos de três minutos.

Abro o console e procuro uma caneta. Não encontro, então abro bruscamente o porta-luvas. Bem em cima há uma cópia da mesma carta com os nomes de nós dois. Eu a levanto e encontro várias canetas, então pego uma e aliso o papel apoiando-o no volante.

Aconteceu de novo, escrevo. Minhas mãos tremem tanto que deixo a caneta cair. Pego-a de volta e continuo anotando.

Às 11 da manhã da quarta-feira, 8 de outubro, Charlie e eu perdemos a memória pelo que parece ser a terceira vez seguida. O que aprendemos nas últimas 48 horas:

— Nossos pais trabalhavam juntos.

— O pai de Charlie está preso.

Estou escrevendo o mais rápido que consigo, tentando descobrir quais fatos preciso anotar primeiro, quais são os mais importantes, porque meu tempo está quase acabando.

— A gente visitou uma taróloga na St. Philip Street. Talvez valha a pena voltar lá.

— Charlie mencionou uma garota no colégio conhecida como menina camarão. Charlie disse que queria conversar com ela.

— *Charlie tem um sótão no armário do quarto. Ela fica bastante lá.*

Sinto que estou perdendo tempo. Que não estou incluindo nada de importante nesta maldita lista. Se isso é verdade e está prestes a acontecer de novo, não vou ter tempo de enviar a carta, muito menos de fazer cópias. Se eu estiver com ela em mãos, espero ser inteligente o suficiente para lê-la em vez de deixá-la de lado.

Mordo a ponta da caneta, tentando me concentrar no que escrever em seguida.

— *Nós dois crescemos juntos, mas agora nossas famílias se odeiam. Não querem que a gente namore.*

— *Silas estava transando com a orientadora vocacional, e Charlie, com Brian Finley. Nós terminamos com os dois.*

— *Landon é um bom irmão, e você provavelmente pode confiar nele se precisar.*

Continuo escrevendo. Registro sobre nossas tatuagens, sobre o The Electric Crush Diner, sobre Ezra e tudo o que consigo me lembrar das últimas 48 horas.

Olho o relógio. 10h59.

Charlie não sabe sobre a carta. Se tudo o que está escrito aqui é verdade, e se isso realmente estiver acontecendo com a gente desde sábado, significa que ela está prestes a esquecer tudo o que descobriu nas últimas 48 horas. E não faço ideia de como encontrá-la. De como alertá-la.

Pressiono a ponta da caneta no papel novamente e escrevo uma última coisa.

— *Charlie entrou num táxi na Bourbon Street ontem à noite, e ninguém a viu desde então. Ela não sabe sobre esta carta. Encontre-a. A primeira coisa que você precisa fazer é encontrá-la. Por favor.*

Continua...

Este livro foi composto na tipologia Minion Pro
Regular, em corpo 11/16, e impresso em
papel off-white no Sistema Cameron da
Divisão Gráfica da Distribuidora Record.